流れ星の約束

運命のきみと
波乱のオーディション

みずのまい・作
雪丸ぬん・絵

集英社みらい文庫

登場《とうじょう》人物《じんぶつ》

大沢結《おおさわゆい》

小《しょう》6。両親《りょうしん》を亡《な》くし一時《いちじ》は施設《しせつ》で育《そだ》つが、縁《えん》あって西川家《にしかわけ》の一員《いちいん》に。サバサバした性格《せいかく》で面倒見《めんどうみ》がよい姉御肌《あねごはだ》。

天川流星《あまかわりゅうせい》

小《しょう》6。天才《てんさい》子役《こやく》として圧倒《あっとう》的《てき》な才能《さいのう》で人気《にんき》を博《はく》す。結《ゆい》が施設《しせつ》で心《こころ》を通《かよ》わせた「安藤流星《あんどうりゅうせい》」くんと同一《どういつ》人物《じんぶつ》だったが…？

西川多摩子《にしかわたまこ》

売《う》れっ子《こ》のミステリー作家《さっか》。結《ゆい》の母親《ははおや》の大《だい》学時代《がくじだい》の同級生《どうきゅうせい》で、事故《じこ》を知《し》り、結《ゆい》を引《ひ》き取《と》る決心《けっしん》をした。

西川倫太郎《にしかわりんたろう》

小《しょう》4。結《ゆい》とは血《ち》のつながりがなく名字《みょうじ》も別《べつ》だが、弟《おとうと》として結《ゆい》を慕《した》っている。心《こころ》の優《やさ》しい子《こ》。

井上大河《いのうえたいが》

小《しょう》6。結《ゆい》の幼《おさな》なじみ。リトルリーグで4番《ばん》キャッチャー、キャプテン。

柚《ゆず》

小《しょう》6。小学生《しょうがくせい》向《む》け雑誌《ざっし》のトップ専属《せんぞく》モデル。結《ゆい》に映画《えいが》の役《やく》をとられた。

もくじ

あらすじ

Story

わたし、大沢結《おおさわゆい》、小《しょう》6。
幼《おさな》い頃《ころ》に両親《りょうしん》が亡《な》くなり、
母《はは》の旧友《きゅうゆう》だった西川家《にしかわけ》に
引《ひ》きとられたの。
大好《だいす》きな多摩子《たまこ》さん、
弟《おとうと》の倫太郎《りんたろう》、幼《おさな》なじみの
大河《たいが》くんと日々《ひび》にぎやかに
過《す》ごしているんだよ!

でも、わたしには
誰《だれ》にも言《い》えない
ヒミツがあって――――。

施設《しせつ》でいっしょだった
安藤流星《あんどうりゅうせい》くん。
彼《かれ》とトクベツな約束《やくそく》を
したんだけど、すぐに
離《はな》れ離《ばな》れになってしまった。
わたしの大切《たいせつ》な――
初恋《はつこい》なんだ。

偶然《ぐうぜん》再会《さいかい》した流星《りゅうせい》くんは
大人気《だいにんき》俳優《はいゆう》になっていた!
彼《かれ》を追《お》って、わたしも芸能界《げいのうかい》へ。
CM《シーエム》オーディションを受《う》けたら、
なんと審査員《しんさいん》に
流星《りゅうせい》くんがいて!?

審査《しんさ》が始《はじ》まる直前《ちょくぜん》、トイレで誰《だれ》かに
びしょ濡《ぬ》れにされちゃった!

でも、絶対《ぜったい》に受《う》かって、
また流星《りゅうせい》くんと
共演《きょうえん》したいよ……!

わたし、どうしたら
いいの……!?

続《つづ》きは本文《ほんぶん》を読《よ》んでね!

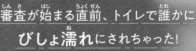

あの夜《よる》、わたしたちは約束《やくそく》をした。
大人《おとな》になったら、またいっしょに流《なが》れ星《ぼし》をみよう。いっしょに暮《く》らそう。
そして、はなればなれになった。
それから、ずっときみを想《おも》い続《つづ》けていた。
きみを探《さが》していた。
そして、やっときみに再会《さいかい》できた。
なのに、きみは変《か》わってしまってた。
あんな冷《つめ》たい子《こ》が流星《りゅうせい》くんのわけがない……！

悲《かな》しかった。
傷《きず》ついた。
だけど、流星《りゅうせい》くんはわたしを助《たす》けてくれた。

もしかして、きみは変《か》わっていないのかもしれない。
だれにも話《はな》せない事情《じじょう》があるのかもしれない。
わたしは信《しん》じている。
いつか流星《りゅうせい》くんはすべてを打《う》ちあけてくれる。
そのためにもきみが活躍《かつやく》している世界《せかい》に飛《と》びこむ！
たとえ、それがたいへんなことだとしても……。

あの夜《よる》の流《なが》れ星《ぼし》が、わたしたちを見守《みまも》ってくれている。

1．流星《りゅうせい》くんに会《あ》いたい

「結《ゆい》ちゃん、笑《わら》って！　顔《かお》がかたいよ！」

「は、はい」

わたしの名前《なまえ》は大沢結《おおさわゆい》。小学《しょうがく》6年生《ねんせい》。

どこにでもいるようなふつうの女《おんな》の子《こ》。

人《ひと》を喜《よろこ》ばせることが好《す》きで、ときどきイケメンゴリラの真似《まね》をしてクラスメイトを笑《わら》わせたりはしているけど、そんな女《おんな》の子《こ》は日本中《にほんじゅう》にたくさんいる。

そんなわたしなんだけど運命《うんめい》のいたずらで**芸能事務所《げいのうじむしょ》ミラクル**に所属《しょぞく》してしまった。

自分《じぶん》でもびっくり！

しかも、今《いま》、CM《シーエム》のオーディション用《よう》の写真《しゃしん》を撮《と》っているの！

事務所《じむしょ》の近《ちか》くの公園《こうえん》で、マネージャーの権田原《ごんだわら》さんって男《おとこ》の人《ひと》がデジカメで撮影《さつえい》してくれているんだけど、いい表情《ひょうじょう》ができずに苦戦中《くせんちゅう》！

権田原《ごんだわら》さんって名前《なまえ》はごついんだけど、マネージャーより芸能人《げいのうじん》をやったほうがいいんじゃないかってぐらい、スタイルがよくてかっこいいんだよね。

それにしてもさっきから通行人《つうこうにん》がちらちらとこっちを見《み》たりして、おちつかないよ。

「やっぱり、表情《ひょうじょう》がかたいなあ。結《ゆい》ちゃん、楽《たの》しみにしていることはない？　それを想像《そうぞう》して」

楽《たの》しみにしていること……？

それはただ一《ひと》つ、このＣＭ《シーエム》のオーディションに合格《ごうかく》すればもう一度《いちど》流星《りゅうせい》くんに会《あ》えるってこと！

わたしが受《う》けようとしているＣＭ《シーエム》のオーディションは炭酸飲料《たんさんいんりょう》のＣＭ《シーエム》で流星《りゅうせい》くんの相手役《あいてやく》を募集《ぼしゅう》しているって内容《ないよう》なの。

天川流星《あまかわりゅうせい》くんはわたしと同《おな》い年《どし》の超有名芸能人《ちょうゆうめいげいのうじん》。

美《うつく》しい顔立《かおだ》ちと天才的《てんさいてき》な演技力《えんぎりょく》で俳優《はいゆう》としてひっぱりだこなんだ。

だけど、彼《かれ》には知《し》られていないひみつがある。

わたしと流星《りゅうせい》くんは小学《しょうがく》2年生《ねんせい》のころ、児童養護施設《じどうようごしせつ》で出会《であ》った……。

わたしは両親《りょうしん》を事故《じこ》で亡《な》くし、流星《りゅうせい》くんはお父《とう》さんとお母《かあ》さんが生《い》きているかどうかもわからない。

だけど流星《りゅうせい》くんはいつもわたしを優《やさ》しく見守《みまも》ってくれていた。

流星《りゅうせい》くんを引《ひ》きとってくれる人《ひと》が決《き》まってお別《わか》れになってしまったけど、いっしょに流《なが》れ星《ぼし》を見《み》て**「大人《おとな》になったら、またいっしょに流《なが》れ星《ぼし》を見《み》よう。いっしょに暮《く》らそう」**って約束《やくそく》した。

その後《あと》でわたしは死《し》んだお母《かあ》さんの親友《しんゆう》だったミステリー作家《さっか》の西川多摩子《にしかわたまこ》さんに引《ひ》きとられた。

わたしは名字《みょうじ》を大沢《おおさわ》のままにしてもらった。

名字《みょうじ》が変《か》わっていないほうが、流星《りゅうせい》くんがわたしを見《み》つけやすいんじゃないかって自分《じぶん》でそう決《き》めた。

だから多摩子《たまこ》さんはお母《かあ》さんではなく、里親《さとおや》といってわたしを育《そだ》ててくれる人《ひと》。家族《かぞく》じゃないけど家族《かぞく》みたいで、お母《かあ》さんの友《とも》だちだけどお母《かあ》さんみたいな人《ひと》でもあって、わたしはこの関係《かんけい》が心地《ここち》よくてとても幸《しあわ》せ！

そんな中《なか》、6年生《ねんせい》になったとき。

多摩子《たまこ》さんが書《か》いた小説《しょうせつ》『鈴木《すずき》くんは犯人《はんにん》じゃありません』の映画化《えいがか》が決《き》まり撮影《さつえい》が始《はじ》まった。

主役《しゅやく》の鈴木《すずき》くんを演《えん》じている天川流星《あまかわりゅうせい》くんは、わたしと流《なが》れ星《ぼし》の約束《やくそく》をした安藤流星《あんどうりゅうせい》くんにそっくりだった。

名字《みょうじ》はちがうけど流星《りゅうせい》くんだって思《おも》って、わたしは会《あ》いたくてたまらずエキストラで撮影《さつえい》に参加《さんか》した。

ロマンティックな再会《さいかい》を夢見《ゆめみ》ていたけど、そうはならなかった。

流星《りゅうせい》くんはわたしのことはおぼえているようだったけど、とても冷《つめ》たい子《こ》になっていた。

映画《えいが》の監督《かんとく》が、流星《りゅうせい》くんが演《えん》じる鈴木《すずき》くんを助《たす》ける役《やく》にわたしを抜《ばっ》てきしてくれたんだけど、流星《りゅうせい》くんは冷《つめ》たくて撮影《さつえい》の後《あと》に手紙《てがみ》をわたしたらやぶられてしまった。

「こっちの世界《せかい》に来《き》てみろ。つぶすからな」とか「二度《にど》とおれに近《ちか》づくな」とも言《い》われた。

悲《かな》しくてたまらなかった。

だけど、映画《えいが》の宣伝《せんでん》のためのYouTube《ユーチューブ》動画《どうが》の中《なか》で、流星《りゅうせい》くんは子《こ》どものころに流《なが》れ星《ぼし》を見《み》たって話《はな》してくれたんだ。

そして、**「あの日《ひ》見《み》た流《なが》れ星《ぼし》、忘《わす》れた日《ひ》は一日《にち》もない」**とも。

流星《りゅうせい》くんは画面《がめん》をとおして、わたしに語《かた》りかけている気《き》がした。

流星《りゅうせい》くんは何《なに》か理由《りゆう》があってわたしに冷《つめ》たくしているのかもしれない！

流星《りゅうせい》くんに会《あ》ってわたしを遠《とお》ざけた理由《りゆう》を聞《き》きたい。

そのためにもこのオーディションに合格《ごうかく》したい！


「いいよ、結《ゆい》ちゃん」

「え？」

「今《いま》の表情《ひょうじょう》、前向《まえむ》きでかわいらしくてきらきらしていた！　よし、もう一度《いちど》！」

「はい」

わたしはもう一度《いちど》笑《わら》ってみた。

絶対《ぜったい》に会《あ》えるよね。流星《りゅうせい》くん！


そして、２週間後《しゅうかんご》。

学校《がっこう》から帰《かえ》り、玄関《げんかん》のドアを開《あ》けると多摩子《たまこ》さんがニコニコと出《で》むかえてくれた。

「結《ゆい》！　さっき権田原《ごんだわら》さんから電話《でんわ》があった。オーディションの一次審査《いちじしんさ》に受《う》かったって！　おめでとう」

「本当《ほんとう》に？」

うれしくて信《しん》じられない。

「ウソついてどうする？　くわしいことはプリントアウトして、ダイニングテーブルに置《お》いて……」

多摩子《たまこ》さんの言葉《ことば》を最後《さいご》まで聞《き》く前《まえ》に、わたしはあわてて靴《くつ》を脱《ぬ》いで、走《はし》ってダイニングに向《む》かった。
紙《かみ》にはこう書《か》かれてあった。

『CM《シーエム》オーディション書類審査通過《しょるいしんさつうか》のお知《し》らせ

この度《たび》は、ご応募《おうぼ》ありがとうございました。厳正《げんせい》なる審査《しんさ》の結果《けっか》、貴殿《きでん》は、書類審査《しょるいしんさ》を通過《つうか》されましたので、次《つぎ》の審査《しんさ》についてお伝《つた》えいたします。

日時《にちじ》：○月《がつ》20日《か》（土《ど》）正午集合《しょうごしゅうごう》
会場《かいじょう》：ペップ本社《ほんしゃ》　※二次審査《にじしんさ》と最終審査《さいしゅうしんさ》は同日《どうじつ》に行《おこな》います。
服装《ふくそう》：天川流星氏《あまかわりゅうせいし》とのデートをイメージした私服《しふく》で参加《さんか》すること。』

この度は、ご応募あ
日時：○月20日（土）正午集合
会場：ペップ本社　※二次審査と最終審査は同日に行います
服装：天川流星氏とのデートをイメージした私服で参加す

流星《りゅうせい》くんとのデート？

読《よ》んでいるだけで、ドキドキしてきた。

紙《かみ》を持《も》つ手《て》がふるえて、顔《かお》が熱《あつ》くなってきちゃう。

「すごーい！　結《ゆい》ちゃんが流星《りゅうせい》くんとデートだ」

後《うし》ろから小学《しょうがく》4年生《ねんせい》の倫太郎《りんたろう》がのぞいてきた。

多摩子《たまこ》さんのひとり息子《むすこ》で弟《おとうと》のような存在《そんざい》の子《こ》。

マッシュルームヘアがかわいらしく、わたしを慕《した》ってくれてるしとても優《やさ》しいんだ。

絵《え》を描《か》くのが好《す》きで流星《りゅうせい》くんの大《だい》ファンでもある。

「倫太郎《りんたろう》。結《ゆい》が合格《ごうかく》したら撮影《さつえい》で流星《りゅうせい》くんとデートするってことで、まだどうなるかわからないよ」

多摩子《たまこ》さんが笑《わら》った。

「結《ゆい》ちゃんなら合格《ごうかく》するよ！　絶対《ぜったい》に結《ゆい》ちゃんは流星《りゅうせい》くんとデートするよ」

倫太郎《りんたろう》がさらさらの髪《かみ》をふりまわすようにはしゃいでいると、玄関《げんかん》のほうから大《おお》きな声《こえ》がした。

「何《なに》～！！！　結《ゆい》と流星《りゅうせい》がデートだあ？」

クラスメイトの大河《たいが》くんだった。

リトルリーグで４番《ばん》、キャッチャー、そしてキャプテンもやっている元気《げんき》な男《おとこ》の子《こ》。

となりの家《いえ》に住《す》んでいて、多摩子《たまこ》さんが出版社《しゅっぱんしゃ》からもらうお菓子《かし》めあてに勝手《かって》にこの家《いえ》に入《はい》って来《く》るんだよね。

「結《ゆい》、流星《りゅうせい》とどこに行《い》くんだよ！　おれがボディガードしてやる！」

大河《たいが》くんは何《なに》かかんちがいして燃《も》えていた。

倫太郎《りんたろう》は大河《たいが》くんを見《み》てニヤニヤと笑《わら》って多摩子《たまこ》さんは腕《うで》を組《く》んで息《いき》をはく。

ドタバタした空気《くうき》の中《なか》、わたしは困《こま》りながらも、流星《りゅうせい》くんとのデートというパワーワードで頭《あたま》がいっぱいだった。

2. このままどこかに連《つ》れていって

審査《しんさ》の日《ひ》はあっという間《ま》にやって来《き》た。

流星《りゅうせい》くんとのデートをイメージってことで、いろいろ考《かんが》えた末《すえ》にちょっとだけおしゃれをすることにしてみた。

いかにもおしゃれをしましただとはずかしいし、自分《じぶん》らしくもないから、ちょっとだけがいいって考《かんが》えたんだ。

そして多摩子《たまこ》さんが協力《きょうりょく》してくれた。

「いいじゃん、結《ゆい》！」

洗面所《せんめんじょ》の鏡《かがみ》の前《まえ》。

多摩子《たまこ》さんがコテで毛先《けさき》を巻《ま》いてくれたんだ。

鏡《かがみ》には、毛先《けさき》のカールがちょっとおしゃれなわたしがいる。

服《ふく》はカジュアルなシャツにミニスカートでいつもとあまり変《か》わらない。

だけど、ワンポイントがある。

星《ほし》がついているヘアピン。

大《おお》きい星《ほし》のとなりにもう一《ひと》つ小《ちい》さな星《ほし》がついているんだけど、この小《ちい》さな星《ほし》は実《じつ》はボタンなんだ。

施設《しせつ》で暮《く》らしていたころ、わたしがお母《かあ》さんから買《か》ってもらったブラウスの星形《ほしがた》のボタンが取《と》れたことがあった。

あせって捜《さが》していたら流星《りゅうせい》くんが見《み》つけてわたしてくれた。

そのボタンをヘアピンにつけて髪《かみ》に飾《かざ》ってみる。

「結《ゆい》ちゃん、カールもいいしその星《ほし》のヘアピンもすごくかわいい」

倫太郎《りんたろう》がほめてくれた。

そして言葉《ことば》を足《た》す。

「お母《かあ》さん、案外器用《あんがいきよう》なんだね」

多摩子《たまこ》さんは「あたしだって、昔《むかし》はかわいくしていたんだよ」とにっこり笑《わら》う。

「えーーー!」

わたしと倫太郎《りんたろう》がおどろくと多摩子《たまこ》さんは「何《なに》よ、それ」とちょっとむくれた。

倫太郎《りんたろう》が一度《いちど》洗面所《せんめんじょ》を出《で》ると多摩子《たまこ》さんが言《い》ってきた。

「結《ゆい》が決《き》めたことだからあたしは応援《おうえん》する。だけど困《こま》ったことがあったら、いつでも相談《そうだん》してね」

多摩子《たまこ》さんにはわたしと流星《りゅうせい》くんが同《おな》じ施設《しせつ》にいたことを話《はな》したんだ。

だから、わたしが流星《りゅうせい》くんに会《あ》いたい一心《いっしん》でミラクルに所属《しょぞく》したこともわかってくれた。

でも多摩子《たまこ》さんは作家《さっか》で芸能界《げいのうかい》のこともよく知《し》っている。

きびしいし、大人《おとな》の汚《きたな》さもある世界《せかい》で、わたしが傷《きず》つかないか心配《しんぱい》してくれているんだ。

ただ、流《なが》れ星《ぼし》の約束《やくそく》だけは話《はな》していない。

流星《りゅうせい》くんとふたりだけのひみつにしておきたいから。

「多摩子《たまこ》さん、ありがとう」

わたしはしっかりとうなずいた。

わたしの意思《いし》を尊重《そんちょう》してくれる多摩子《たまこ》さんには感謝《かんしゃ》してもしきれない。

多摩子《たまこ》さんと倫太郎《りんたろう》に手《て》をふり、権田原《ごんだわら》さんが送《おく》ってくれた地図《ちず》を持《も》って家《いえ》を出《で》た。

電車《でんしゃ》に乗《の》り、ペップ本社《ほんしゃ》がある駅《えき》で降《お》りる。

地図《ちず》を見《み》ながら歩《ある》いていくと、大《おお》きなビルが見《み》えてきた。

あのビルだ！　と足《あし》をせっせと動《うご》かす。

あ、でも、あんまり動《うご》くとせっかく巻《ま》いた髪《かみ》がみだれちゃうかな。

わたしってば、まだ合格《ごうかく》もしていないのに、どこかで流星《りゅうせい》くんに会《あ》える気持《きも》ちになっている。

はじめてのオーディションに不安《ふあん》な気持《きも》ちもあるけど、流星《りゅうせい》くんとのデートを想像《そうぞう》して舞《ま》いあがってもいる。

なんて思《おも》いながらせっせと歩《ある》いていたら……！

ビルについたのはいいけど、ここどこ？

ガラス張《ば》りの小《ちい》さなドアがあるけれど、どう見《み》ても表玄関《おもてげんかん》じゃないよね。

ドアの上《うえ》に「社員通用口《しゃいんつうようぐち》」って書《か》かれてある！

権田原《ごんだわら》さんと1階《かい》のロビーで待《ま》ちあわせをしているんだけど、ここからもロビーに行《い》けるのかな？

ドアの中《なか》をのぞいてみた。

だめだ、だれもいない。

表玄関《おもてげんかん》にはどうやっていけばいいんだろうと困《こま》っていると、ガラス張《ば》りのドアの向《む》こうに廊下《ろうか》が見《み》えて、奥《おく》にだれか立《た》っていた。

その人《ひと》と目《め》があった。

え……ウソ……？

いるわけがないよね。

だけど、もしかして……？

その人《ひと》はわたしと同《おな》じぐらいの年《とし》で、こっちにやってくる。

流星《りゅうせい》くんに似《に》ているその人《ひと》はこっちにどんどん近《ちか》づいてくる。

近《ちか》づかれるたびに、どくん、どくんと心臓《しんぞう》が高鳴《たかな》っていく。

ひょっとして、流星《りゅうせい》くんと似《に》ているじゃなくて、本当《ほんとう》に流星《りゅうせい》くん？

その人《ひと》がガラス張《ば》りのドアをとおして、わたしのすぐ目《め》の前《まえ》に立《た》った。

流星《りゅうせい》くんだ……まちがいない！

オーディションに合格《ごうかく》するどころか、審査《しんさ》の前《まえ》に会《あ》えちゃった……。

わたしもおどろいたけど、流星《りゅうせい》くんはもっとおどろいているようだった。

流星《りゅうせい》くんがドアを開《あ》けた。

切《せつ》なくて甘《あま》い風《かぜ》がふく。

どうして、流星《りゅうせい》くんがいるの？　と聞《き》く前《まえ》に先《さき》に聞《き》かれてしまった。

「どうして、結《ゆい》がここにいるんだ」

流星《りゅうせい》くんはあわてていた。

だけど、わたしは「結《ゆい》」って呼《よ》ばれた瞬間《しゅんかん》、胸《むね》の奥《おく》が甘《あま》くはじけた。

だって映画《えいが》の撮影中《さつえいちゅう》は、流星《りゅうせい》くんはわたしのことを「おまえ」とか「こいつ」とかって

ずっとひどい呼《よ》び方《かた》ばかりだった。

でも、今《いま》、流星《りゅうせい》くんがあわてながら「結《ゆい》」って口《くち》にしたとき、流星《りゅうせい》くんと施設《しせつ》でいっしょに暮《く》らしてたころに時間《じかん》が巻《ま》きもどされた。

わたしは正直《しょうじき》に話《はな》すことにした。

「流星《りゅうせい》くんが言《い》っていたとおり、映画《えいが》の撮影《さつえい》が終《お》わったらすぐに声《こえ》がかかった。芸能事務《げいのうじむ》所《しょ》ミラクルってところのマネージャーさんが監督《かんとく》と家《いえ》まで来《き》てくれたんだ。CM《シーエム》で流星《りゅうせい》くんの相手役《あいてやく》を探《さが》すオーディションがあるからぜひ受《う》けてほしいって言《い》われて、ミラクルに所属《しょぞく》したの。そのオーディションが今日《きょう》ここであるんだよ」

そこまで一気《いっき》にしゃべって最後《さいご》にこれを伝《つた》えるかどうか考《かんが》えたんだけど。

もうここまで来《き》たら、言《い》うしかない！

というより、流星《りゅうせい》くんにわかってほしい！

「オーディションに合格《ごうかく》したら流星《りゅうせい》くんにまた会《あ》えるから。だから所属《しょぞく》したんだよ」

流星《りゅうせい》くんはいっしゅん、あっけにとられた顔《かお》をしたけど、すぐに怖《こわ》い顔《かお》になった。

「おれ、言《い》ったよな。芸能界《げいのうかい》に来《き》たらつぶすぞって」

するどい目《め》つきだった。

映画《えいが》の撮影中《さつえいちゅう》はこの表情《ひょうじょう》にずっとだまされていたけれど、これはたぶん流星《りゅうせい》くんの演技《えんぎ》だ。

わたしはそう信《しん》じたい。

だから、きらわれてもいい覚悟《かくご》で口《くち》にした。

「流星《りゅうせい》くんはわたしのことを心配《しんぱい》して、自分《じぶん》のそばにも、芸能界《げいのうかい》にも来《く》るなって言《い》いたかったんだよね。本当《ほんとう》は今《いま》でも優《やさ》しい流星《りゅうせい》くんのままなんじゃない？」

流星《りゅうせい》くんがまたおどろいた顔《かお》をする。

けど、すぐにわたしをバカにしているかのような冷《つめ》たい目《め》になった。

「頭《あたま》の中《なか》、お花畑《はなばたけ》だな。おめでたいやつだ」

「うん、おめでたいよ。だって、流星《りゅうせい》くん、ＹｏｕＴｕｂｅ《ユーチューブ》動画《どうが》の中《なか》で言《い》っていたじゃん。『流《なが》れ星《ぼし》は人《ひと》の支《ささ》えになる』って。それってわたしも同《おな》じだもん。流星《りゅうせい》くんと流《なが》れ星《ぼし》を見《み》たときからわたしはずっとおめでたいよ」

本当《ほんとう》は「あの動画《どうが》、わたしが観《み》るってわかっていて、わざと言《い》ってくれたんだよね」って声《こえ》にしたかった。

だけど、そこまでは強気《つよき》に出《で》られない。

「ところで1階《かい》のロビーに行《い》きたいんだけど、どうやったら行《い》けるのかな？」

流星《りゅうせい》くんはわたしから視線《しせん》をそらし、何《なに》も答《こた》えない。

これって、教《おし》えないって意味《いみ》？

「自分《じぶん》で探《さが》す」

わたしはドアを開《あ》けて中《なか》に入《はい》ろうとした。

ぐるぐる回《まわ》れば、きっとロビーにたどり着《つ》くはずだ。

ぎゅっ。

いきなり、手《て》をつかまれた。

ふりむくと流星《りゅうせい》くんがいた。

心臓《しんぞう》がどくんと音《おと》を立《た》てる。

「こっちだ」

流星《りゅうせい》くんがわたしの手《て》を強引《ごういん》にひっぱった。

そのまま歩《ある》いていく。

優《やさ》しくて温《あたた》かくて、安心《あんしん》する手《て》。

流星《りゅうせい》くんはやっぱり変《か》わってない、絶対《ぜったい》に変《か》わってない。

きっと何《なに》か理由《りゆう》があっていじわるな天川流星《あまかわりゅうせい》を演《えん》じて、わたしにもいじわるなことをしていたんだ。

このままずっとふたりで歩《ある》いていたい。

このまま、どこかに連《つ》れていってほしい。

せまい廊下《ろうか》を歩《ある》いていると遠《とお》くに開《ひら》けた場所《ばしょ》が見《み》えてきた。

人《ひと》もたくさんいるし、きっとあれがロビーだ。

流星《りゅうせい》くんが手《て》をはなす。

「ここからはひとりで行《い》け」

「ありがとう。あ、でも、流星《りゅうせい》くんはどうして、ここにいるの？　今日《きょう》は相手役《あいてやく》のオーディションだよね」

「そのうち、わかる。まわりを気《き》にせずいつもの結《ゆい》でいい」

流星《りゅうせい》くんは半《なか》ばあきれたように口《くち》にした。

だけど、優《やさ》しさをおびた口調《くちょう》でもあった。

これって流星《りゅうせい》くんがわたしを応援《おうえん》してくれているってことかな？

わたしは小《ちい》さく手《て》をふり、ロビーにむかって歩《ある》きだす。

流星《りゅうせい》くんに会《あ》えてすごくテンション上《あ》がっちゃったんだけど！

まっすぐな気持《きも》ちで歩《ある》いていると権田原《ごんだわら》さんが手《て》をふってくれた。

「結《ゆい》ちゃん、こっちだよ」

「おはようございます！」

権田原《ごんだわら》さんのほうにむかって歩《ある》くと、思《おも》わず足《あし》が止《と》まった。

権田原《ごんだわら》さんのとなりにはかわいらしい女《おんな》の子《こ》が立《た》っていたから……！

柚《ゆず》ちゃん！

あのときとは髪型《かみがた》がちがうけどまちがいない！

わたしは流星《りゅうせい》くんが言《い》っていた「柚《ゆず》はおまえのせいで傷《きず》つき、おまえを心底《しんそこ》、うらんでいる」って言葉《ことば》を思《おも》い出《だ》した！

3. 冷《つめ》たい視線《しせん》と意外《いがい》な審査員《しんさいん》

柚《ゆず》ちゃんは雑誌《ざっし》の世界《せかい》で人気《にんき》のモデルで『鈴木《すずき》くんは犯人《はんにん》じゃありません』にも出演《しゅつえん》していた子《こ》だ。

映画《えいが》では流星《りゅうせい》くんが演《えん》じる鈴木《すずき》くんが海《うみ》でおぼれるシーンがあった。

本当《ほんとう》は柚《ゆず》ちゃんが鈴木《すずき》くんを助《たす》ける役《やく》を演《えん》じる予定《よてい》だった。

だけど、監督《かんとく》がわたしにその役《やく》をやらせることに変《か》えたんだ。

わたしも流星《りゅうせい》くん会《あ》いたさにその役《やく》を引《ひ》きうけてしまって、申《もう》しわけないことをしたと思《おも》っている。

多摩子《たまこ》さんはプロの世界《せかい》は学校《がっこう》とはちがう、よくあることって教《おし》えてくれたけど、わたしはずっと気《き》にしていた。

だからといって、ごめんなさいって言《い》うのは無神経《むしんけい》でしかない。

え……、でも、どうして権田原《ごんだわら》さんのとなりにいるんだろう。

わたしが不思議《ふしぎ》そうな顔《かお》をしていたのか、権田原《ごんだわら》さんが説明《せつめい》してくれた。

「結《ゆい》ちゃんには言《い》ってなかったっけ？ **柚《ゆず》ちゃんはミラクルの所属《しょぞく》タレント。**小学生《しょうがくせい》の部《ぶ》では一番活躍《いちばんかつやく》していて、小学生向《しょうがくせいむ》けのファッション雑誌《ざっし》で専属《せんぞく》モデルもしているんだ。柚《ゆず》ちゃんもこのオーディションを受《う》けるんだよ」

びっくり……！

ぜんぜん知《し》らなかったよ！

柚《ゆず》ちゃんからすれば、わたしが入《はい》ってきたのってすごくイヤなんじゃない？

どうしよう、なんてあいさつしよう。

とまどっていると、柚《ゆず》ちゃんが先《さき》に口《くち》を開《ひら》いた。

「大沢結《おおさわゆい》さん、ひさしぶり。あ、結《ゆい》ちゃんでいいね。あたし、あれから、演技《えんぎ》のレッスンを受《う》けてがんばっているの。今日《きょう》はおたがい、せいいっぱいやろう！」

柚《ゆず》ちゃんが手《て》をのばしてくれた。

柚《ゆず》ちゃんのまっすぐな目《め》を見《み》て、自分《じぶん》がはずかしくなった。

流星《りゅうせい》くんは「柚《ゆず》はおまえをうらんでいる」って言《い》ってたし、自分《じぶん》もそう思《おも》っていた。

でも、そう思《おも》っていたってことは、わたしは柚《ゆず》ちゃんを小《ちい》さく見《み》ていたってことだ。

柚《ゆず》ちゃんはこの世界《せかい》のプロなんだ。

過去《かこ》にこだわるより未来《みらい》に向《む》けて今《いま》、自分《じぶん》ができることをやっている。

「柚《ゆず》ちゃん、よろしく！」

わたしは手《て》をのばし、柚《ゆず》ちゃんと握手《あくしゅ》した。

柚《ゆず》ちゃんはにっこりと笑《わら》ってくれた。

耳《みみ》にはかわいらしいハートのイヤリングがゆれている。

モデルだけあって、おしゃれが上手《じょうず》だ。

柚《ゆず》ちゃんのためのワンピースみたい。

柚《ゆず》ちゃんはとても輝《かがや》いていて、わたしの今《いま》までの胸《むね》のつかえもとれた。

「結《ゆい》ちゃん、毛先巻《けさきま》いてるね。かわいい」

「ほ、本当《ほんとう》？　ありがとう」

柚《ゆず》ちゃんにほめられると自信《じしん》がわいてきた。

権田原《ごんだわら》さんがわたしたちの間《あいだ》に入《はい》ってくる。

「よし！　おたがいほめあって、気分《きぶん》を上《あ》げていってね。二次審査《にじしんさ》は2階《かい》でやる。廊下《ろうか》で並《なら》んで待《ま》っていれば名前《なまえ》を呼《よ》ばれるから。そうしたら部屋《へや》に入《はい》って」

権田原《ごんだわら》さんはにっこりと笑《わら》うけど、わたしは緊張《きんちょう》してきた。

「審査《しんさ》ってどんなことをするんですか？」

「それがわかったら、ぼくたちも苦労《くろう》しないんだよ。リラックスしていつもの結《ゆい》ちゃんでがんばって。ぼくはここで待《ま》っているから」

「結《ゆい》ちゃん、行《い》こう」

わたしは柚《ゆず》ちゃんの後《あと》につづいてエスカレーターで2階《かい》にあがった。

廊下《ろうか》には女《おんな》の子《こ》たちがずらりと並《なら》んでいる。

100人《にん》はいるよね？

最終審査《さいしゅうしんさ》に残《のこ》るって大変《たいへん》なんじゃない？

すると、ある女《おんな》の子《こ》がわたしをちらりと見《み》て、となりの子《こ》をつついた。

その子《こ》がまた、となりをつつく。

あちこちから小《ちい》さな声《こえ》が聞《き》こえだした。

「ねえ、あの子《こ》、映画《えいが》に出《で》てたよね」

「あー。『鈴木《すずき》くんは犯人《はんにん》じゃありません』でしょ?」

「流星《りゅうせい》くんと海《うみ》の中《なか》でだきあった役《やく》だから、絶対《ぜったい》にひいきされるよね」

「ずるい」

想像《そうぞう》もしていない展開《てんかい》だった。

そんなふうに思《おも》われているんだ……。

たしかに映画《えいが》のエキストラに参加《さんか》できたのは、原作者《げんさくしゃ》の娘《むすめ》だったからだ。

わたしがやっていることは確《たし》かにずるいかもしれない。

でも、流星《りゅうせい》くんに会《あ》うにはこのオーディションに参加《さんか》するしか方法《ほうほう》がなかった!

腹《はら》をくくれ、大沢結《おおさわゆい》!

と、いっしゅん、胸《むね》を張《は》ったもののあちこちから送《おく》られてくる冷《つめ》たい視線《しせん》に気《き》づいて、
すぐにしぼんでしまった。

芸能界《げいのうかい》ってなんて独特《どくとく》なんだろう。

多摩子《たまこ》さんも食《く》うか食《く》われるかの世界《せかい》だってわたしに説明《せつめい》してくれた。

だから覚悟《かくご》はしていたけど、あちこちから冷《つめ》たい視線《しせん》が送《おく》られてくるなんて施設《しせつ》でも学《がっ》校《こう》でも今《いま》まで一度《いちど》もなかった……。


ポン。


柚《ゆず》ちゃんが軽《かる》く背中《せなか》をたたきわたしの耳元《みみもと》でささやいた。

「注目《ちゅうもく》してくれてありがとうぐらいの気持《きも》ちでいればいいいんじゃない?」

柚《ゆず》ちゃんは微笑《ほほえ》んでいた。

すごい、柚《ゆず》ちゃんはやっぱり、プロだ。

こんなすてきな子《こ》といっしょに、オーディションを受《う》けられるんだ。

それだけで勇気《ゆうき》がわいてくるよ。

何《なに》より流星《りゅうせい》くんがいつもの結《ゆい》でいいって応援《おうえん》してくれた!

気持《きも》ちが前向《まえむ》きになると部屋《へや》のドアが開《あ》いた。

審査《しんさ》の進行係《しんこうがかり》らしい細身《ほそみ》の女性《じょせい》が出《で》てくる。

「それではこれより二次審査《にじしんさ》を始《はじ》めます。グループ審査《しんさ》で5、6名《めい》ずつ受《う》けることになります。第一《だい》グループ、大川香澄《おおかわかすみ》さん、吉田波瑠奈《よしだはるな》さん、……柚《ゆず》さん、大沢結《おおさわゆい》さん。どうぞお入《はい》りください」

6人《にん》の子《こ》が呼《よ》ばれ、その中《なか》にわたしと柚《ゆず》ちゃんもいた。

呼《よ》ばれた子《こ》で列《れつ》を作《つく》る。

ごくりとつばをのみこみ、緊張《きんちょう》しながら部屋《へや》に足《あし》を踏《ふ》みいれた。

わたしたちが横一列《よこいちれつ》に並《なら》ぶと、審査員専用《しんさいんせんよう》の横《よこ》に長《なが》いテーブルがあってその向《む》こうに審査員《しんさいん》が座《すわ》っていた。

わたしたちと同《おな》じで6人《にん》ぐらいいるかな。

そして、一番《いちばん》はじに座《すわ》っているわたしの目《め》の前《まえ》の審査員《しんさいん》を見《み》たとき、目《め》をうたがった。

流星《りゅうせい》くんが座《すわ》っている！

流星《りゅうせい》くんも審査員《しんさいん》なの？

ウソでしょ？

あのとき言《い》っていた「そのうち、わかる」って、そういう意味《いみ》だったの？

流星《りゅうせい》くんは映画《えいが》の撮影《さつえい》のときと同《おな》じで、冷《つめ》たい視線《しせん》でスター天川流星《あまかわりゅうせい》として座《すわ》っていた。

わたしには目《め》もあわせてくれない。

ショートヘアのきれいな大人《おとな》の女性《じょせい》も座《すわ》っていた。

目《め》がだれかに似《に》ている……あ！　月菜《つきな》さん！

月菜《つきな》さんって子《こ》はわたしと同《おな》い年《どし》なのに、映画《えいが》の撮影《さつえい》では自称天川流星《じしょうあまかわりゅうせい》のマネージャー代理《だいり》としていつも流星《りゅうせい》くんのそばにいた女《おんな》の子《こ》。

月菜《つきな》さんのお母《かあ》さんが流星《りゅうせい》くんの本当《ほんとう》のマネージャーで、芸能事務所《げいのうじむしょ》ゼウスの副社長《ふくしゃちょう》だって聞《き》いた。

もしかして、このショートヘアの人《ひと》がそうなのかもしれない！

すると、メガネをかけた真面目《まじめ》で優《やさ》しそうな男《おとこ》の人《ひと》がマイクをにぎった。

「こんにちは、CM《シーエム》監督《かんとく》の大林《おおばやし》です。みなさん、緊張《きんちょう》しなくていいですからね」

映画《えいが》のときの監督《かんとく》はチャラチャラしていたけれど、真逆《まぎゃく》で誠実《せいじつ》そうな人《ひと》だった。

監督《かんとく》っていろんな人《ひと》がいるんだね。

でもこの監督《かんとく》、ニコニコしているけど、目《め》がするどい。

でも目《め》がするどいのは監督《かんとく》だけじゃない。

審査《しんさ》をする大人《おとな》たちはみんなニコニコしながらも、わたしたちをじっと見《み》ていた。

品定《しなさだ》めされているみたいで、怖《こわ》い！

流星《りゅうせい》くんは怖《こわ》いというより、何《なに》を考《かんが》えているのかわからない目《め》！

さっきまでは流星《りゅうせい》くんが自分《じぶん》を応援《おうえん》してくれているって前向《まえむ》きな気持《きも》ちでいられたのに、目《め》もあわせてくれないと本当《ほんとう》はちがうの？　って自信《じしん》がぐらついてくるよ。

そして監督《かんとく》が審査内容《しんさないよう》を説明《せつめい》してくれた。

「今《いま》から、ペップの新商品《しんしょうひん》、チェリーサイダーを配《くば》ります。ぼくたち審査員《しんさいん》のことをCM《シーエム》を観《み》ている人《ひと》だと思《おも》って、配《くば》られたチェリーサイダーをアピールしてください」

アピール？

それって、よさを伝《つた》えるってことだよね。

部屋《へや》に入《い》れてくれた女性《じょせい》がチェリーサイダーの缶《かん》をわたしたちに一《ひと》つずつわたしてくれた。

「それでは右《みぎ》はじの大川香澄《おおかわかすみ》さんから。はい、はじめ！」

監督《かんとく》がいきなり手《て》をたたいた！

早《はや》い！　もう始《はじ》まっちゃうの!?

大川《おおかわ》さんっていう女《おんな》の子《こ》は缶《かん》を自分《じぶん》の顔《かお》の近《ちか》くに持《も》ち、「みんな買《か》ってね」とかわいらしい声《こえ》を出《だ》した。

いきなりふられたら、これがせいいっぱいだよね。

「はい、それでは次《つぎ》。吉田波瑠奈《よしだはるな》さん。はじめ」

吉田《よしだ》さんって子《こ》は缶《かん》のプルトップをひっぱり、一口《ひとくち》飲《の》んだ。

「シュワシュワするよ。おいしー」

かわいらしくて華《はな》がある。

大川《おおかわ》さんも吉田《よしだ》さんもいきなりお題《だい》を出《だ》されてもあわてずに笑顔《えがお》で対応《たいおう》できるってすごい。

それからもうふたりの子《こ》も立《た》てつづけにチェリーサイダーをアピールした。

どの子《こ》も明《あか》るくてかわいい。

だけど、それだけだと何《なに》かが足《た》りない気《き》がするんだよね。

だからといって自分《じぶん》は何《なに》をすればいいのかぜんぜんわからないんだけど。

ちらりと流星《りゅうせい》くんを見《み》たけど、ヒントなんてくれるわけがないし、わたしの存在《そんざい》にすら気《き》がついていなさそう！

気《き》がついたとしても流星《りゅうせい》くんは審査員《しんさいん》だし、CM《シーエム》の主役《しゅやく》だしクールに座《すわ》ってるしかないよね。

演技《えんぎ》をするのはわたしなんだから自分《じぶん》で考《かんが》えるしかない！

「次《つぎ》、柚《ゆず》さん。はじめ」

柚《ゆず》ちゃんは今《いま》までの子《こ》とちょっとちがった。

いきなり持《も》っている缶《かん》に話《はな》しかけだす。

「チェリーサイダーさん、恋《こい》の応援《おうえん》してくれる？」

そう話《はな》しかけた柚《ゆず》ちゃんはとてもかわいらしかった。

何《なに》より、このCM《シーエム》は流星《りゅうせい》くんとデートする内容《ないよう》だもんね。

その前《まえ》ふりとしては完《かん》ぺきだ。

「きみとチェリーサイダー飲《の》みたいな」

最後《さいご》は、缶《かん》を自分《じぶん》のほほにつけ審査員《しんさいん》たちにかわいらしくウインクしていた。

審査員《しんさいん》たちの表情《ひょうじょう》が流星《りゅうせい》くんをのぞいていっせいに変《か》わった。

今《いま》までの子《こ》もかわいかったけれど、かわいさのレベルがちがう。

女《おんな》の子《こ》のわたしでも柚《ゆず》ちゃんをだきしめたくなっちゃう！

もう、このままCM《シーエム》に使《つか》えそう！

柚《ゆず》ちゃん、演技《えんぎ》の勉強《べんきょう》を始《はじ》めたって言《い》っていたけど、きっと、今日《きょう》のオーディションのためにすごく努力《どりょく》したんだ！

これは柚《ゆず》ちゃんに決《き》まりじゃない……？

だけど、感心《かんしん》している場合《ばあい》じゃない！

次《つぎ》はわたしだ！

どうしよう、何《なに》をしよう。

柚《ゆず》ちゃんみたいにかわいくウインクとかできそうにないし、何《なに》よりチェリーサイダーに話《はな》しかけるなんていう魅力的《みりょくてき》な演技《えんぎ》はわたしには思《おも》いつかない！

商品《しょうひん》をアピールする演技《えんぎ》を自分《じぶん》で考《かんが》えて演《えん》じるってすごくむずかしいよ！

あせって頭《あたま》の中《なか》がぐちゃぐちゃになってしまうと目《め》の前《まえ》に座《すわ》っている流星《りゅうせい》くんの言葉《ことば》が思《おも》い出《だ》された。

いつもの結《ゆい》でいい。

そうだ、柚《ゆず》ちゃんを意識《いしき》していても仕方《しかた》がない。
わたしはわたしの考《かんが》えでチェリーサイダーをアピールしないと！
でも、はじめて飲《の》む商品《しょうひん》をどうやってアピールすればいいんだろう？
みんな、おいしそうに飲《の》んでいたからおいしいんだろうけど。
そうだ、おいしさ！
今《いま》までの子《こ》たちの演技《えんぎ》はかわいいけど、おいしさはあまり伝《つた》わってこない。

4. もう会《あ》えないかもしれない

「次《つぎ》は大沢結《おおさわゆい》さん。はじめ」

監督《かんとく》の声《こえ》が聞《き》こえた。

よし、やるしかない！

「あー、のどかわいた」

わたしは口《くち》を開《あ》けてのどがからからな演技《えんぎ》をした。

その後《あと》で缶《かん》のプルトップを開《あ》けた。

そのまま片手《かたて》を腰《こし》にあてぐびぐびと飲《の》んだ。

まだまだ飲《の》みつづける。

みんなにっこりと笑《わら》ったり、一口《ひとくち》しか飲《の》んでないけど、あれだとおいしさが伝《つた》わらない。

はじめて飲《の》んだけど、このチェリーサイダーって、ほんのりさくらんぼの味《あじ》がして確《たし》かにおいしい。

緊張《きんちょう》して、のどもかわいていたし自然《しぜん》にまだまだ飲《の》める。

そして、全部《ぜんぶ》飲《の》み干《ほ》した。

口《くち》を手《て》の甲《こう》でふきながら、**「さくらんぼ味《あじ》、おいしー！」**と審査員《しんさいん》にむかって大《おお》きな声《こえ》を出《だ》す。

いっしゅん、審査員《しんさいん》たちのぽかんとした顔《かお》が見《み》えた。

もしかしたら的外《まとはず》れな演技《えんぎ》をしているのかもしれない！

だけど、ここまで来《き》たら最後《さいご》まで演《えん》じきるしかない！

そして缶《かん》を見《み》ながら**「はじめて飲《の》んだけどチェリーサイダーっていうんだね」**と声《こえ》にした。

ところが、炭酸飲料《たんさんいんりょう》を一気《いっき》に飲《の》んだから小《ちい》さなげっぷが出《で》てしまった。

しまった、これはちょっと下品《げひん》だった。

このCM《シーエム》とぜんぜんあっていない！

だけど、気《き》をとりなおして、缶《かん》を審査員《しんさいん》につきだし、豪快《ごうかい》に笑《わら》った。

「これが、炭酸《たんさん》のいいところ!」

言《い》いきったところで、監督《かんとく》が「はい」と手《て》をたたいた。

演技《えんぎ》のよいんがぬけないまま、何気《なにげ》なく審査員《しんさいん》の顔《かお》を見《み》てみた。

ペップ関係者《かんけいしゃ》らしき人《ひと》のしらけた表情《ひょうじょう》が視界《しかい》に入《はい》る。

だめだ！ イメージとぜんぜんちがうことをしちゃったんだ！

もう他《ほか》の審査員《しんさいん》の表情《ひょうじょう》は怖《こわ》くて見《み》られなかった……！

でも、正面《しょうめん》に座《すわ》っている流星《りゅうせい》くんがシャープペンで用紙《ようし》に書《か》きこんでいるのだけは目《め》に入《はい》ってしまった。

わたしの演技《えんぎ》の感想《かんそう》を書《か》いているのかな？

だとしたら何《なに》を書《か》いているの？

表情《ひょうじょう》がクールすぎて、流星《りゅうせい》くんの考《かんが》えがわからない。

だけど、流星《りゅうせい》くんを見《み》つめていたら「あ」と思《おも》った。

審査員《しんさいん》はチェリーサイダーのアピールをしてくださいと言《い》いながら天川流星《あまかわりゅうせい》とデートす

るのに一番似合《いちばんにあ》っている女《おんな》の子《こ》を探《さが》していたのかもしれない。

わたしみたいにゲップして笑《わら》ってる女《おんな》の子《こ》と天川流星《あまかわりゅうせい》は似合《にあ》わない……。

気《き》がついた瞬間《しゅんかん》に大《おお》きな後悔《こうかい》におそわれた。

大失敗《だいしっぱい》だ！

もしかしたら流星《りゅうせい》くんは用紙《ようし》に『ぼくに最《もっと》も似合《にあ》わない』とか書《か》いたのかもしれない!?

「おつかれさまです。審査《しんさ》には時間《じかん》がかかります。夕方《ゆうがた》17時《じ》ごろの発表《はっぴょう》になりますので1階《かい》のロビーでお待《ま》ちください。各事務所《かくじむしょ》のマネージャーにお伝《つた》えします」

監督《かんとく》の声《こえ》でわたしたちは部屋《へや》を出《だ》され、入《い》れちがいに次《つぎ》の子《こ》たちが入《はい》ってきた。

流星《りゅうせい》くんと会《あ》えるのはこれが最後《さいご》かもしれない。

そんな予感《よかん》がしてちらりとふりかえった。

だけど流星《りゅうせい》くんはわたしと目《め》もあわせてくれなかった。

多摩子《たまこ》さんが巻《ま》いてくれた毛先《けさき》をさわる。

せっかく多摩子《たまこ》さんががんばって巻《ま》いてくれたのに、もうだめだ。

1階《かい》のロビーでは審査《しんさ》が終《お》わった女《おんな》の子《こ》たちがそわそわしながら待《ま》っていた。

同《おな》じ事務所《じむしょ》の子同士《こどうし》で「失敗《しっぱい》したー」とだきあって泣《な》いている子《こ》もいれば、「顔《かお》がかたかったかもしれません」とマネージャーと反省会《はんせいかい》をしている子《こ》もいた。

やるだけやったと外《そと》で両腕《りょううで》をのばしている子《こ》もいる。

日《ひ》はかたむいていき夕方《ゆうがた》になっていく。

そろそろ結果発表《けっかはっぴょう》の時間《じかん》だ。

わたしと柚《ゆず》ちゃんはロビーの壁《かべ》に寄《よ》りかかるように並《なら》んでいた。

「柚《ゆず》ちゃんは審査員《しんさいん》に求《もと》められることがわかっているんだね。プロだね」

わたしはがっくりしながらも柚《ゆず》ちゃんをほめてしまった。

だけど、柚《ゆず》ちゃんは舞《ま》いあがることなく冷静《れいせい》だった。

「オーディションの結果《けっか》って最後《さいご》までわからないよ。最悪《さいあく》、選《えら》ばれても、ちがう人《ひと》にチャンスが行《い》くこともあるし」

どきりとした。

顔《かお》には出《だ》さないけど、映画《えいが》の撮影《さつえい》で柚《ゆず》ちゃんがやるシーンをわたしがやってしまったことは一《ひと》つの体験《たいけん》として彼女《かのじょ》の心《こころ》にしっかりと刻《きざ》まれているのかもしれない。

だけど、あれは本当《ほんとう》にたまたまだ。

柚《ゆず》ちゃんは映画《えいが》の撮影《さつえい》では流星《りゅうせい》くんがいじわるで本来《ほんらい》の力《ちから》が出《だ》せなかったけど、本当《ほんとう》はキャリアがあるプロで、その場《ば》で求《もと》められていることを表現《ひょうげん》できる力《ちから》がある。

だからモデルとしても人気《にんき》なんだ。

わたしとはぜんぜんちがうレベルだ。

きっと合格《ごうかく》するのは柚《ゆず》ちゃんで、わたしはもうだめ……！

流星《りゅうせい》くんに再会《さいかい》する方法《ほうほう》は別《べつ》に考《かんが》えたほうがいいかも。

でも、どうやったら会《あ》えるんだろう、思《おも》いつかないよ。

すると、ロビーのあちらこちらから、声《こえ》が聞《き》こえだした。

「やった、受《う》かった！」

「はあ、がっくり」

声《こえ》を出《だ》している子《こ》たちはマネージャーから結果《けっか》を聞《き》かされているようだ。

結果《けっか》が発表《はっぴょう》されたんだ！

すると権田原《ごんだわら》さんがこの世《よ》の不幸《ふこう》を全部背負《ぜんぶせお》ったような暗《くら》い顔《かお》でこっちに歩《ある》いてきた。

「ふたりともおつかれさまでした」

それって、まさか、わたしも柚《ゆず》ちゃんも落《お》ちたってこと……？

柚《ゆず》ちゃんも顔《かお》がこわばっている。

権田原《ごんだわら》さんはうつむいてたけど、ぱっと顔《かお》を上《あ》げた。

「ふたりとも合格《ごうかく》だよー!!」

わたしと柚《ゆず》ちゃんはあっけにとられる。

柚《ゆず》ちゃんが「権田原《ごんだわら》さん、信《しん》じられない！」と怒《おこ》りだした。

「ごめんごめん、面白《おもしろ》がらせてリラックスさせようかと。**柚《ゆず》ちゃんはしかも満点合格《まんてんごうかく》。**審《しん》査員全員《さいんぜんいん》が推《お》した」

柚《ゆず》ちゃんはそれを聞《き》いて怒《おこ》るのをやめ、「もう！」と息《いき》を吐《は》いた。

権田原《ごんだわら》さんはわたしのほうを向《む》いた。

「結《ゆい》ちゃんはギリギリ合格《ごうかく》。６人《にん》の審査員中《しんさいんちゅう》３人《にん》はありえないって真《ま》っ先《さき》に落《お》とそうとしたらしい。だけど、天川流星《あまかわりゅうせい》が『商品《しょうひん》の良《よ》さをきちんと伝《つた》えようとしたのはこの子《こ》だけ。自分《じぶん》にあうかどうかは演出《えんしゅつ》や自分《じぶん》の芝居《しばい》でどうにでもなる』って推《お》してくれたらしい。流《りゅう》星《せい》くんのマネージャーも同意見《どういけん》で、とりあえず最終審査《さいしゅうしんさ》に残《のこ》したって」

胸《むね》の奥《おく》に熱《あつ》いものがこみあげてきた。

流星《りゅうせい》くんがわたしを推《お》してくれた……！

最終審査《さいしゅうしんさ》に残《のこ》ったことより、そのことのほうがずっとうれしい。

きっとあの用紙《ようし》には、商品《しょうひん》の良《よ》さを伝《つた》えたって書《か》いてくれたんだ。

ぼくの相手役《あいてやく》にはふさわしくありません、ではなかった。

それだけで、体《からだ》の力《ちから》がぬけるぐらいほっとした。

「結《ゆい》ちゃん、おめでとう」

柚《ゆず》ちゃんがわたしに笑《わら》いかけてくれた。

「柚《ゆず》ちゃんこそ、おめでとう」

わたしも柚《ゆず》ちゃんの笑顔《えがお》がうれしくて笑《わら》いかえした。

「ふたりともいい友《とも》だちになったね。最終審査《さいしゅうしんさ》は1時間後《じかんご》だ。がんばって。ぼく、事務所《じむしょ》に連絡《れんらく》してくる！」

権田原《ごんだわら》さんはうれしそうに、ドタバタと一度《いちど》ビルの外《そと》に出《で》て行《い》った。

「天川流星《あまかわりゅうせい》とそのマネージャーに推《お》されるなんて、結《ゆい》ちゃんってやっぱりすごいよね」

柚《ゆず》ちゃんがにっこりと笑《わら》う。

「あ、ありがとう。こういうのなんて言《い》うんだっけ。ええと、たしか、首《くび》の皮《かわ》、一枚《まい》つながっただっけ」

わたしは、とまどいをかくすようにちょっと大《おお》げさに笑《わら》った。

すると、ロビーのかたすみで「がんばったのにー」と泣《な》きじゃくっている女《おんな》の子《こ》が目《め》に入《はい》った。

マネージャーらしき女性《じょせい》がその子《こ》の肩《かた》に手《て》を置《お》きなぐさめている。

オーディションって合格《ごうかく》する子《こ》もいれば落《お》ちる子《こ》もいるってことなんだ。

数時間前《すうじかんまえ》にわたしははじめて審査員《しんさいん》の前《まえ》に立《た》った。

大人《おとな》がずらりと並《なら》んでいて、自分《じぶん》が品定《しなさだ》めされているみたいで、異様《いよう》な光景《こうけい》に思《おも》えた。

芸能界《げいのうかい》では当《あ》たり前《まえ》のことなんだろうけど、わたしにはちょっときつかったな。

わたしはたまたま受《う》かったけど、そういうきつい思《おも》いをして落《お》とされたら、とてもつらいよね。

「結《ゆい》ちゃんは落《お》ちた子《こ》のことをかわいそうとか思《おも》っている？」

柚《ゆず》ちゃんが小《ちい》さな声《こえ》を出《だ》した。

5. 目《め》と目《め》があったとき

「そんなことは思《おも》わないよ」

首《くび》をぶんぶんふったけど本当《ほんとう》は思《おも》っていた。

「受《う》かった子《こ》が落《お》ちた子《こ》をかわいそうって思《おも》うのはうぬぼれだよ」

柚《ゆず》ちゃんが同《おな》い年《どし》には見《み》えない大人《おとな》びた表情《ひょうじょう》で口《くち》を動《うご》かした。

いっしゅんびっくりしたけど、すぐに柚《ゆず》ちゃんが言《い》いたいことがわかった。

わたしも自分《じぶん》が落《お》ちて、受《う》かった子《こ》に同情《どうじょう》されたらいい気持《きも》ちはしない。

「柚《ゆず》ちゃんの言《い》うとおりだね！　せっかく合格《ごうかく》したんだから最終審査《さいしゅうしんさ》をがんばらないと！」

そう答《こた》えたときだった。

「大沢結《おおさわゆい》さん、柚《ゆず》さん」

だれかの声《こえ》がしてわたしたちはふりむいた。

審査員《しんさいん》の席《せき》に座《すわ》っていたショートヘアの女性《じょせい》だった。

まぶしいほどの白《しろ》いパンツスーツを着《き》こなし、優雅《ゆうが》にわたしたちに話《はな》しかけてきた。

「映画《えいが》の撮影《さつえい》ではうちの流星《りゅうせい》がお世話《せわ》になりました。改《あらた》めてごあいさつ申《もう》しあげます。天《あま》川流星《かわりゅうせい》のマネージャー、神月《かんづき》です。わたしは忙《いそが》しくて現場《げんば》に行《い》けなかったのですが、娘《むすめ》の月菜《つきな》からあなたたちの話《はなし》は聞《き》いています」

やっぱり流星《りゅうせい》くんのマネージャーだったんだ！

それにしてもオーラが強《つよ》い！

わたしが緊張《きんちょう》しておたおたしていると、柚《ゆず》ちゃんがニコニコとかわいらしくしゃべりだした。

「ミラクルに所属《しょぞく》している柚《ゆず》です。映画《えいが》では流星《りゅうせい》くんが演《えん》じた鈴木《すずき》くんのクラスメイト役《やく》、柚《ゆず》ちゃん役《やく》をやらせていただきました。ややこしいですね！」

「そうだったわね。役名《やくめい》と芸名《げいめい》がいっしょだったのよね」

柚《ゆず》ちゃんと神月《かんづき》さんは笑《わら》いあって会話《かいわ》をしていた。

柚《ゆず》ちゃん、すごい！

こんなオーラの強《つよ》い大人《おとな》と笑《わら》いあって話《はな》している！

神月《かんづき》さんが微笑《ほほえ》みながらわたしにも視線《しせん》を向《む》けた。

これってわたしもあいさつをしたほうがいいんだよね。

あわてて声《こえ》を出《だ》した。

「は、はじめまして。じゃなくてさっき会《あ》いましたね。大沢結《おおさわゆい》です！」

だめだ、神月《かんづき》さんに圧倒《あっとう》されてうまくしゃべれない。

「たしか映画《えいが》には原作者《げんさくしゃ》の西川多摩子《にしかわたまこ》さんのお嬢《じょう》さんとしてエキストラに参加《さんか》されていたとか。その後《ご》、ミラクルに所属《しょぞく》されたんですね。それは本格的《ほんかくてき》に芸能界《げいのうかい》をめざすということかしら？」

答《こた》えにつまる。

流星《りゅうせい》くんに会《あ》いたいがためにミラクルに所属《しょぞく》したとかは言《い》えないし！

「本格的《ほんかくてき》かどうかは……。ただ、わたし、やりたいこととか特《とく》にないし、せっかく誘《さそ》われたんで」

口《くち》がもごもごしているんだけど！

結《ゆい》、しっかりしなさい！

すると、神月《かんづき》さんがふっと笑《わら》ってくれた。

「小学生《しょうがくせい》ですものね。将来《しょうらい》を模索《もさく》するのがふつうよね。うちの流星《りゅうせい》みたいにスターでいつづけるって決《き》まっている方《ほう》がまれだわ」

スターでいつづけるって決《き》まっている？

なぜか、背中《せなか》がぞくりとした。

まるで流星《りゅうせい》くんの未来《みらい》をこの人《ひと》が決《き》めているみたい。

「結《ゆい》さんも柚《ゆず》さんも映画《えいが》で流星《りゅうせい》と共演《きょうえん》しても、審査《しんさ》は公平《こうへい》ですから。それではまた」

くるりときびすを返《かえ》し、ハイヒールの音《おと》を鳴《な》らしながら、去《さ》っていった。

微笑《ほほえ》みながらもすごみがある人《ひと》だ。

イヤミの多《おお》かった月菜《つきな》さんがただのかわいらしい女《おんな》の子《こ》に思《おも》えてくるよ。

すると、神月《かんづき》さんが歩《ある》いたその先《さき》に審査員《しんさいん》たちがいた。

その中《なか》に流星《りゅうせい》くんもいた！

流星《りゅうせい》くんはわたしに気《き》がついた。

あいかわらずクールだったけど、審査《しんさ》のときとはちがって、わたしと目《め》をあわせてくれる。

結《ゆい》、最終審査《さいしゅうしんさ》がんばれよ。

流星《りゅうせい》くんの声《こえ》が聞《き》こえた気《き》がした。

流星《りゅうせい》くんは審査員《しんさいん》たちといっしょにエレベーターの中《なか》に消《き》えていく。

流星《りゅうせい》くんは映画《えいが》の撮影現場《さつえいげんば》ではわたしにひどいことばかり言《い》ってきた。

二度《にど》とおれに近《ちか》づくな、おまえごときがおれのそばに来《く》るなとまで言《い》われた。

悲《かな》しくて多摩子《たまこ》さんに話《はな》したら「結《ゆい》を自分《じぶん》から遠《とお》ざけることが彼《かれ》の優《やさ》しさかも」って教《おし》えてくれたけど、わたしもだんだんそんな気《き》がしてきた。

何《なに》より流星《りゅうせい》くんはわたしを推《お》してくれたりと、少《すこ》しずつ心《こころ》を開《ひら》いてくれている。

だったらなおさら、流星《りゅうせい》くんにもう一度《いちど》会《あ》って、どうして流星《りゅうせい》くんが変《か》わってしまったかを聞《き》きたい。

そのためにも何《なん》としてもオーディションに合格《ごうかく》しないと！

改《あらた》めて決心《けっしん》したときだった。

「結《ゆい》ちゃん、急《きゅう》に自信《じしん》に満《み》ちた顔《かお》になったね」

柚《ゆず》ちゃんがニコニコと言《い》ってきた。

「え？　そ、そんなことないよ。柚《ゆず》ちゃんこそオーラのある大人《おとな》としっかりしゃべることができてすごいね」

「権田原《ごんだわら》さんに教《おそ》わらなかった？　あいさつとは自己《じこ》アピールだ。えらい人《ひと》にはすぐに自《じ》分《ぶん》をアピールしろって」

びっくりする言葉《ことば》だった。

あいさつは自己《じこ》アピールで、しかもえらい人《ひと》にはすぐにって……？

流星《りゅうせい》くん会《あ》いたさに飛《と》びこんだけど、わたしにはついていけない世界《せかい》だ！

「教《おそ》わってないかなあ。そういえばわたし、権田原《ごんだわら》さんには写真《しゃしん》を撮《と》ってもらっただけで特《とく》に何《なに》も教《おそ》わってないかも。あはは」

なぜか笑《わら》うしかなかった。

「結《ゆい》ちゃんには教《おし》える必要《ひつよう》ないかもね」

柚《ゆず》ちゃんがわたしから視線《しせん》をそらしつぶやいた。

それ、どういう意味《いみ》なんだろう。

ついさっき、流星《りゅうせい》くんと目《め》があって元気《げんき》が出《で》てきたけど、だんだんと妙《みょう》な空気《くうき》にのまれだしている自分《じぶん》がいた。

何《なに》か、審査前《しんさまえ》にしたほうがいいこととかないのかな……？

そうだ！

審査要項《しんさようこう》には流星《りゅうせい》くんとのデートをイメージした私服《しふく》と書《か》かれていたから、審査員《しんさいん》は身《み》だしなみも見《み》ているのかもしれない。

「わたし、トイレに行《い》くけど柚《ゆず》ちゃんは？」

「あたしはいい。トイレはここをまっすぐに行《い》くとあるよ」

「ありがとう」

わたしは柚《ゆず》ちゃんに言《い》われたとおりまっすぐに進《すす》み、トイレルームに足《あし》を踏《ふ》みいれた。

洗面所《せんめんじょ》に大《おお》きな鏡《かがみ》があったので毛先《けさき》のカールや星形《ほしがた》のボタンがついたヘアピンの位置《いち》を整《ととの》える。

ヘアピンについている星《ほし》のボタンにそっとふれると、施設《しせつ》にいたころ流星《りゅうせい》くんがこのボタンを拾《ひろ》ってくれたことが思《おも》い出《だ》された。

あのときの流星《りゅうせい》くんの優《やさ》しい笑顔《えがお》は今《いま》でもはっきりとおぼえている。

すると緊張《きんちょう》してこわばっていた体《からだ》が軽《かる》くなって、胸《むね》が温《あたた》かくなってきた。

きっと、合格《ごうかく》する！

そのままトイレルームから出《で》ようかと思《おも》ったけど、やっぱり個室《こしつ》にも入《はい》っておこう。

三《みっ》つある個《こ》室《しつ》は全部《ぜんぶ》空《あ》いていて、左《ひだり》はじの個室《こしつ》に向《む》かう。

入《はい》ろうとした個《こ》室《しつ》の近《ちか》くにぞうきんがかかっているバケツがあった。

水《みず》も入《はい》っている。

お掃除《そうじ》に使《つか》うんだろうと特《とく》に気《き》にせず、そのまま左《ひだり》はじの個室《こしつ》に入《はい》った。

ドアを閉《し》めてカギをかけたときだった。

「キャー！」

突然《とつぜん》のできごとに悲鳴《ひめい》が出《で》てしまい、わたしはトイレの個室《こしつ》から飛《と》びだした。

何《なに》が起《お》こったのかぜんぜんわからないけど、上《うえ》から水《みず》が降《ふ》ってきて、わたしの体《からだ》はずぶ

ぬれになっている！
「何《なん》で？　どうして？」
おどろいてふるえながら天井《てんじょう》を見上《みあ》げた。
天井《てんじょう》に穴《あな》が開《あ》いたのかと思《おも》ったけど、ヒビ一《ひと》つ入《はい》っていない。
うろたえながらも今度《こんど》は床《ゆか》に目《め》をやった。
さっき見《み》た水《みず》が入《はい》っていたバケツが転《ころ》がっていた。

ぞうきんも床《ゆか》に落《お》ちている。

これって、だれかが、わたしに水《みず》をかけたってこと……？

だけど、そんなことってあるの？

足《あし》が勝手《かって》に動《うご》き、一度《いちど》、トイレルームの外《そと》に出《で》た。

だけど、廊下《ろうか》にはだれもいなかった。

再《ふたた》びトイレルームの中《なか》にもどると、鏡《かがみ》にずぶぬれの自分《じぶん》が映《うつ》っていた。

多摩子《たまこ》さんが巻《ま》いてくれた髪《かみ》も水《みず》のいきおいでとれている。

星形《ほしがた》のボタンをつけたヘアピンもぬれていた。

こんなずぶぬれの姿《すがた》じゃあ、最終審査《さいしゅうしんさ》に出《で》られないよ。

どうしよう……。

まさかのできごとに打《う》ちのめされていると床《ゆか》に小《ちい》さなものが落《お》ちていた。

ハートのイヤリング。

柚《ゆず》ちゃんがしていたものと同《おな》じだ。

まさか柚《ゆず》ちゃんが……!?

『おたがい、せいいっぱいやろう！』
そう笑《わら》ってくれた柚《ゆず》ちゃんの笑顔《えがお》が思《おも》い出《だ》される。
ウソだ。信《しん》じたくない！　何《なに》かのまちがいだ！
わたしは柚《ゆず》ちゃんを信《しん》じている！
そう思《おも》ってイヤリングを拾《ひろ》ったけれど胸《むね》がしめつけられた。
もしかしたら柚《ゆず》ちゃんと友《とも》だちになれたと喜《よろこ》んでいたのは、わたしだけだった……？

6. わたしと流星《りゅうせい》くんのつながり

「最終審査《さいしゅうしんさ》を受《う》けるみなさんは二次審査《にじしんさ》と同《おな》じ場所《ばしょ》に集合《しゅうごう》してください」

係《かかり》の人《ひと》の声《こえ》がした。

もう、はじまっちゃう。

だけど、ずぶぬれでオーディションなんて受《う》けられない！

せっかく、流星《りゅうせい》くんが推《お》してくれたのに！

わたしはくちびるをかみしめる。

そういえば映画《えいが》の撮影《さつえい》でも、海《うみ》で流星《りゅうせい》くんとずぶぬれになったよね。

あのとき、天川流星《あまかわりゅうせい》くんはわたしと流《なが》れ星《ぼし》の約束《やくそく》をした安藤流星《あんどうりゅうせい》くんだって確信《かくしん》できた。

そして、今《いま》、流星《りゅうせい》くんの態度《たいど》が少《すこ》しずつ変《か》わりだしているのに、何《なん》でこんなことになったの？

とてもじゃないけど、こんな姿《すがた》で頭《あたま》から足先《あしさき》まで見《み》てくる審査員《しんさいん》の前《まえ》に立《た》つ勇気《ゆうき》はない。

流星《りゅうせい》くんに見《み》られるのもはずかしい。

もう、あきらめるしかない。

そう思《おも》ったとき、鏡《かがみ》に映《うつ》っているヘアピンの星形《ほしがた》のボタンが目《め》に入《はい》った。

わたしには星形《ほしがた》のボタンがいっしゅん光《ひか》ったように思《おも》えたんだ。

流星《りゅうせい》くんはこのボタンを捜《さが》して拾《ひろ》ってくれたとき、わたしにこう言《い》ってくれた。

「おれの名前《なまえ》にも星《ほし》が入《はい》っているけど、そのボタンも星《ほし》の形《かたち》だな。おれたち縁《えん》があるのかな。上手《うま》く言《い》えないけどつながりっていうか……」

両親《りょうしん》がいないわたしにはつながりって言葉《ことば》がとてもうれしかった。

そうだ、わたしと流星《りゅうせい》くんにはつながりがある。

きっと、だれにもわからないふたりだけのつながりが！

ここであきらめちゃいけない。

流星《りゅうせい》くんはずぶぬれのわたしを見《み》たってきらうはずがない！

わたしは意《い》を決《けっ》して、審査《しんさ》がおこなわれる部屋《へや》に向《む》かった。

だってそこにはわたしを推《お》してくれた流星《りゅうせい》くんが待《ま》ってくれているんだから！

ハートのイヤリングは一応《いちおう》、ポケットに入《い》れた。

走《はし》っていると途中《とちゅう》で権田原《ごんだわら》さんとすれちがう。

「結《ゆい》ちゃん、な、な、何《なん》で、ずぶぬれ？」

説明《せつめい》しているひまはなく、そのまま走《はし》りつづける。

最終審査《さいしゅうしんさ》がおこなわれる部屋《へや》の前《まえ》で、進行係《しんこうがかり》の女性《じょせい》もおどろき、わたしの前《まえ》に立《た》ちふさがった。

「ちょ、ちょっとその格好《かっこう》で入《はい》られるのは困《こま》ります」

え……ダメなの？

事情《じじょう》を正直《しょうじき》に説明《せつめい》したほうがいいのかな？

だけど、ぬれているってことで審査《しんさ》を受《う》けられなくなるかもしれない。

このままだと審査《しんさ》が始《はじ》まって遅刻《ちこく》あつかいになるかもしれないし、どうしよう？

こうなったら……！

「わたしなりにデートをイメージした服《ふく》です！　ぬらしたのはわざとです！」

一《いち》か八《ばち》かでとんでもないことを口《くち》にしてしまった！

お願《ねが》い！　入《い》れてください！

「は、はあ。そういうことなら……」

進行係《しんこうがかり》の女性《じょせい》は困《こま》りながらもドアを開《あ》けてくれた。

やった！　ありがとうございます！

ところが審査員《しんさいん》たちも審査《しんさ》を受《う》ける子《こ》たちもぼうぜんとわたしを見《み》ていた。

流星《りゅうせい》くんも小《ちい》さく口《くち》を開《あ》けていた。

監督《かんとく》もおどろきながら質問《しつもん》してきた。

「ぬれているんだけど、どうしてですか……」

「わざとです。自分《じぶん》なりに考《かんが》えたデートファッションです」

「自分《じぶん》なりに考《かんが》えた……？」

監督《かんとく》はさらにおどろいていた。
やっぱり強引《ごういん》すぎる言《い》いわけだったかも！
もう、だめだ！
ところが……！
「ルール違反《いはん》でもないですし、さっさと始《はじ》めませんか？」
流星《りゅうせい》くんがつぶやくようにそう言《い》ってくれた。
すると神月《かんづき》さんも「流星《りゅうせい》はこの後《あと》、別《べつ》の仕事《しごと》もあるので」と言葉《ことば》を足《た》した。
「それでは始《はじ》めましょうか。大沢《おおさわ》さんも座《すわ》ってください」
監督《かんとく》はとまどいながらもそう口《くち》にしてくれた。
これって、流星《りゅうせい》くんがわたしを助《たす》けてくれたってこと……？
そう受《う》けとっていいの……？
流星《りゅうせい》くんがしてくれたことにドキドキしながら、わたしは空《あ》いている椅子《いす》に座《すわ》る。
となりの椅子《いす》には柚《ゆず》ちゃんが座《すわ》っていた。
今《いま》はよけいなことは考《かんが》えない！　とあえて気《き》にしないようにした。

審査員用《しんさいんよう》の長《なが》いテーブルの前《まえ》に丸《まる》いテーブルと椅子《いす》が二《ふた》つ用意《ようい》されている。

テーブルの上《うえ》にはチェリーサイダーの缶《かん》が二《ふた》つ置《お》かれてあった。

流星《りゅうせい》くんが立《た》ちあがり、部屋《へや》のはじに立《た》った。

メガネをかけた監督《かんとく》が審査内容《しんさないよう》を説明《せつめい》しだす。

「最終審査《さいしゅうしんさ》を始《はじ》めます。ここは公園《こうえん》で、きみたちは流星《りゅうせい》くんと待《ま》ちあわせをしています。その後《あと》は好《す》きにやってください。もちろんセリフは自由《じゆう》。流星《りゅうせい》くんはそれにあわせていきます」

好《す》きにやってください……。

これって、めちゃくちゃハードルが高《たか》いことを要求《ようきゅう》されているよね。

「はじめは小島悠《こじまゆう》さん。どうぞ」

小島《こじま》さんっていうセミロングの真面目《まじめ》そうな女《おんな》の子《こ》が緊張《きんちょう》しながら演技用《えんぎよう》の椅子《いす》に座《すわ》った。

監督《かんとく》が「スタート」と手《て》をたたく。

流星《りゅうせい》くんが「ごめん、待《ま》った？」とやってきて椅子《いす》に座《すわ》った。

「わたしも今来《いまき》たの。宿題《しゅくだい》が終《お》わらなくて」

小島《こじま》さんのアドリブに流星《りゅうせい》くんは「悠《ゆう》は真面目《まじめ》だなあ」と笑《わら》う。

「そんなことないよ。要領《ようりょう》が悪《わる》くて」

小島《こじま》さんははずかしそうに下《した》を向《む》いた。

ありふれた何気《なにげ》ないやりとりなのに、見《み》ていて面白《おもしろ》い！

それはきっと、小島《こじま》さんが自分《じぶん》は真面目《まじめ》な子《こ》に見《み》られるという特徴《とくちょう》をわかって演技《えんぎ》していて、流星《りゅうせい》くんもすぐにそれを理解《りかい》してあわせて演技《えんぎ》を進《すす》めているからだ。

ふたりで勉強《べんきょう》の話《はなし》をして、最後《さいご》はチェリーサイダーを飲《の》み、「息《いき》ぬきするか」って流星《りゅうせい》くんが映画《えいが》に誘《さそ》って終《お》わった。

完《かん》ぺきだ。

「次《つぎ》は、ちゃみーさん！」

ショートヘアでショートパンツがすごくよく似合《にあ》っている子《こ》だった。

この子《こ》、スマホのCM《シーエム》で見《み》たことがある！

有名《ゆうめい》な子《こ》でもオーディションを受《う》けるんだ。

ちゃみーさんは流星《りゅうせい》くんがやって来《く》ると、いきなり流星《りゅうせい》くんにだきついた。

「流星《りゅうせい》、ひさしぶりー！　やっと会《あ》えたー！」

「痛《いた》いんだけど」

流星《りゅうせい》くんは照《て》れながらもうれしそうに笑《わら》っていた。

「だって、ひさしぶりでうれしーから」

ちゃみーさんはまだ流星《りゅうせい》くんにだきついている。

他《ほか》の子《こ》がやったらやりすぎに見《み》えるかもしれないけど、ちゃみーさんの活発《かっぱつ》であっけらかんとした雰囲気《ふんいき》に思《おも》わず笑《わら》ってしまう。

「あ、チェリーサイダーー！　流星《りゅうせい》、気《き》がきく！　あたしも持《も》って来《き》たよー」

ちゃみーさんは実際《じっさい》には持《も》ってないけど、ハンバーガーをテイクアウトしてきたように手《て》を動《うご》かしだした。

ふたりで大笑《おおわら》いしながら楽《たの》しそうに食《た》べる。

とてもいい感《かん》じだ。

わたしはふたりの楽《たの》しそうな演技《えんぎ》を見《み》ていたら、急《きゅう》にヘンなことを考《かんが》えだした。

流星《りゅうせい》くんって仕事《しごと》以外《いがい》の場所《ばしょ》では友《とも》だちと楽《たの》しそうにハンバーガーを食《た》べたりしているのかな？

よく考《かんが》えたら、わたしと流星《りゅうせい》くんが施設《しせつ》でいっしょに過《す》ごした時間《じかん》って半年《はんとし》ぐらいだ。

それからの流星《りゅうせい》くんをわたしは知《し》らない。

どんな時間《じかん》を過《す》ごしてきたのか、どんな人《ひと》とふれあってきたのか、今《いま》はどんな生活《せいかつ》をしているのかも。

体《からだ》がぬれて冷《つめ》たいせいか、急《きゅう》にさびしくなってきた。

ちゃみーさんとの演技《えんぎ》が終《お》わったあとも流星《りゅうせい》くんは３人《にん》の女《おんな》の子《こ》とデートした。

どの子《こ》も上手《じょうず》で、かわいらしかった。

流星《りゅうせい》くんは女《おんな》の子《こ》がどんな演技《えんぎ》をしてもきちんと受《う》けとめていた。

それを見《み》ているうちに、さらにわたしはヘンな気持《きも》ちになってきた。

こんなときに何《なに》を考《かんが》えているのって、自分《じぶん》で自分《じぶん》にツッコミを入《い》れたくなるような感情《かんじょう》なんだけど……。

流星《りゅうせい》くん、どう考《かんが》えても女《おんな》の子《こ》に人気《にんき》があるよね……。

モテるよね……。

ファンレターだってたくさん来《く》るだろうし、今日《きょう》は来《き》ていないけど、神月《かんづき》さんのお嬢《じょう》さん、月菜《つきな》さんって子《こ》だってどう考《かんが》えても流星《りゅうせい》くんのことが好《す》きだよね。

考《かんが》えたくないけど彼女《かのじょ》とかいるのかもしれない。

だから再会《さいかい》してからわたしにずっと冷《つめ》たかったのかも……！

いやいや、オーディションの最中《さいちゅう》によけいなことを考《かんが》えちゃだめでしょ。

だけど、考《かんが》えちゃうよ！

「次《つぎ》、柚《ゆず》さん。はじめ！」

柚《ゆず》ちゃんが立《た》ちあがり、演技用《えんぎよう》の椅子《いす》に座《すわ》った。

「ごめん、おそくなった」

流星《りゅうせい》くんがやって来《き》た。

柚《ゆず》ちゃんは何《なに》もしゃべらずにほほを赤《あか》くして首《くび》を横《よこ》にふった。

そして、流星《りゅうせい》くんが座《すわ》ってもしばらくもじもじして、やっと小《ちい》さな声《こえ》を出《だ》した。

「今《いま》、来《き》たばかりだから」

これだけで、いじらしい初恋《はつこい》が伝《つた》わってくる。

きっと柚《ゆず》ちゃんはおとなしい女《おんな》の子《こ》のはじめてのデートを演《えん》じているんだ。

流星《りゅうせい》くんがその後《あと》も「今日《きょう》は晴《は》れてるね」「あの映画観《えいがみ》た?」とか話《はな》しかけるんだけど、柚《ゆず》ちゃんはもじもじしつづけていた。

柚《ゆず》ちゃんの普段《ふだん》のモデルとしてのイメージだと、さっきのちゃみーさんみたいに積極的《せっきょくてき》にふるまってもおかしくはない。

だけど、柚《ゆず》ちゃんのかわいらしいワンピースとはじめてのデートで何《なに》をしゃべっていいのかわからないといった演技《えんぎ》はすごくあっていた。

一生懸命《いっしょうけんめい》おしゃれはしたものの、上手《うま》くしゃべれないってところが、思《おも》わず応援《おうえん》したくなる。

映画《えいが》の撮影《さつえい》のときは流星《りゅうせい》くんがあまりにも冷《つめ》たくて柚《ゆず》ちゃんはNG《エヌジー》ばかりだったけど、あのときの柚《ゆず》ちゃんとはぜんぜんちがう!

そして柚《ゆず》ちゃんがとんでもないことを言《い》いだした。

「あたし、帰《かえ》る」

「え？」

流星《りゅうせい》くんはおどろいていた。

その後《あと》、柚《ゆず》ちゃんはうつむき切《せつ》ない表情《ひょうじょう》をして、ひざの上《うえ》に置《お》かれた手《て》でワンピースをぎゅっとつかんだ。

うまい！

この表情《ひょうじょう》と仕草《しぐさ》だけで、はずかしくてしゃべれない自分《じぶん》にたえきれず思《おも》わず「帰《かえ》る」と言《い》ってしまった心情《しんじょう》がよくわかる。

すると、流星《りゅうせい》くんはふっと笑《わら》って、「帰《かえ》る前《まえ》にこれ飲《の》んでよ」とサイダーのプルトップを開《あ》けて、柚《ゆず》ちゃんにわたす。

柚《ゆず》ちゃんは一口《ひとくち》飲《の》んでパッと明《あか》るくなり「おいしー」と花《はな》のように笑《わら》った。

流星《りゅうせい》くんが柚《ゆず》ちゃんを愛《いと》おしそうに見《み》つめる。

監督《かんとく》が満足《まんぞく》そうに「はい、そこまで」と手《て》をたたいた。

他《ほか》の審査員《しんさいん》もうんうんとうなずいていた。

このふたりの演技《えんぎ》は見事《みごと》だった。

やっぱり合格《ごうかく》は柚《ゆず》ちゃんだ。

だけど、わたしもがんばりたい。

だって相手《あいて》は流星《りゅうせい》くんだから！

流星《りゅうせい》くんは二次審査《にじしんさ》でわたしを推《お》してくれたし、最終審査《さいしゅうしんさ》を受《う》けられなくなりそうだったときも助《たす》けてくれた。

その気持《きも》ちにこたえたい。

「それでは、最後《さいご》。大沢結《おおさわゆい》さん」

監督《かんとく》がわたしを見《み》た。

その目《め》には、ずぶぬれにはどんな意味《いみ》があるんだ？　って問《と》いかけがあった。

ぬれているってことはやっぱり、あれしかないよね！

7. ドキドキにらめっこ

わたしは深呼吸《しんこきゅう》して演技用《えんぎよう》の丸《まる》テーブルの前《まえ》に座《すわ》った。

「はい、はじめ！」

手《て》がたたかれると、流星《りゅうせい》くんがやって来《き》た。

流星《りゅうせい》くんが何《なに》かを言《い》う前《まえ》にわたしは立《た》ちあがった。


「おそい！　雨《あめ》がふってこっちはずぶぬれだよ！」


流星《りゅうせい》くんがいっしゅんだけおどろいた。

でも、すぐにわたしが考《かんが》えた設定《せってい》を理解《りかい》してあわせてくれる。

「ごめん、ごめん、悪《わる》かった」

流星《りゅうせい》くんが手《て》をあわせて頭《あたま》を下《さ》げた。

「一生《いっしょう》、ゆるさない！」

わたしはなぜか、本気《ほんき》で怒《おこ》っていた。

だれかに水《みず》をかけられて、ずぶぬれのままいろんな女《おんな》の子《こ》との演技《えんぎ》を見《み》せられていたら、だんだんともやもやしてきたんだ。

「怒《おこ》るなよ」

流星《りゅうせい》くんは困《こま》っている演技《えんぎ》をしていた。

思《おも》いかえせば映画《えいが》の撮影現場《さつえいげんば》で再会《さいかい》してからの流星《りゅうせい》くんは、わたしにひどすぎた。

「絶対《ぜったい》にゆるさない」

腕《うで》を組《く》んで本気《ほんき》でにらんでみる。

すると、流星《りゅうせい》くんがあわてる演技《えんぎ》をした。

でも、まだわたしの心《こころ》はすっきりしない。

目《め》をあわせたくない。

すると流星《りゅうせい》くんは自分《じぶん》が着《き》ていた上着《うわぎ》をぬぎ、わたしの肩《かた》にふわりとかけた。

「本当《ほんとう》にごめん」

これも流星《りゅうせい》くんの演技《えんぎ》だ。

わかっているのに流星《りゅうせい》くんがかけてくれた上着《うわぎ》の温《あたた》かさに胸《むね》が苦《くる》しくなる。

ふたりで流《なが》れ星《ぼし》を見《み》たときも流星《りゅうせい》くんはわたしに毛布《もうふ》をかけてくれた。

あのときの温《あたた》かさと同《おな》じだ。

「遅刻《ちこく》したおれが悪《わる》いから、文句《もんく》はぜんぶ聞《き》くよ」

優《やさ》しい目《め》をして流星《りゅうせい》くんはわたしの向《む》かいに座《すわ》った。

泣《な》きそうになった。

流星《りゅうせい》くんが演技《えんぎ》ではなく『今《いま》まで悪《わる》かった。文句《もんく》は全部《ぜんぶ》聞《き》くよ』って言《い》っているふうに聞《き》こえたから！

せっかく、流星《りゅうせい》くんがそう言《い》ってくれたんだから、今《いま》、一番《いちばん》言《い》いたいことを口《くち》にしてみよう。

わたしも座《すわ》り少《すこ》し間《ま》を置《お》いて声《こえ》にした。

「流星《りゅうせい》くんって、モテるよね」

「え？」

流星《りゅうせい》くんはおどろいていた。

同時《どうじ》に審査員《しんさいん》のだれかが小《ちい》さくぷっとふいた。

たぶん、スター天川流星《あまかわりゅうせい》にこんな質問《しつもん》をするのが面白《おもしろ》かったんだろう。

だけど、わたしにとって流星《りゅうせい》くんはやっぱり安藤流星《あんどうりゅうせい》くんで、流星《りゅうせい》くんがモテているのはいい気持《きも》ちがしない！

「わたしが気《き》がついてないとでも思《おも》ってるの？　モテるよね？」

もう一度《いちど》聞《き》いちゃった。

すると、流星《りゅうせい》くんはおどろきながらも苦笑《くしょう》した。

そして、よゆうしゃくしゃくでいたずらっぽくこう返《かえ》してきた。

「モテなくはないかも」

え……………！

そう来《く》るの？

わたしはウソでもいいから「モテないよ」って言《い》ってほしかった。
だけど、そんな正直《しょうじき》に答《こた》えられたら、くううううううって心《こころ》の中《なか》で歯《は》ぎしりしちゃう！
くやしくて思《おも》いきりほほをふくらませた。
わたしの顔《かお》はほとんどフグだった。
やりすぎだとはわかっているけど、それ以外《いがい》の演技《えんぎ》が思《おも》いつかない！
すると、ほほがひんやりした。
流星《りゅうせい》くんはわたしのふくらませたほほにチェリーサイダーの缶《かん》を当《あ》てていた。
流星《りゅうせい》くんと目《め》があう。
「にらめっこしよう。笑《わら》ったほうが負《ま》けだよ」
流星《りゅうせい》くんはそう言《い》って、ほほをふくらましてきた。
わたしもチェリーサイダーの缶《かん》を流星《りゅうせい》くんのふくらんだほほに当《あ》てる。
そして、しばらくにらめっこした後《あと》。
同時《どうじ》に、風船《ふうせん》が破裂《はれつ》したかのようにふたりで大笑《おおわら》いした！
今《いま》までもやもやしていた自分《じぶん》を忘《わす》れてしまうかのように笑《わら》い転《ころ》げる。

流星《りゅうせい》くんも大笑《おおわら》いしていて施設《しせつ》にいたころを思《おも》い出《だ》した。

わたしは両親《りょうしん》に会《あ》ったことがない流星《りゅうせい》くんを元気《げんき》づけようとして「流星《りゅうせい》くんのお父《とう》さんお母《かあ》さんはきっと流星《りゅうせい》くんみたいに優《やさ》しい人《ひと》だよ」って水晶玉《すいしょうだま》にふれる動《うご》きをしたことがある。

あのとき、流星《りゅうせい》くんは「占《うらな》い師《し》かよ」っておなかをかかえて笑《わら》ってくれたんだ。

これが審査《しんさ》だなんてことはもう忘《わす》れてしまった。

わたしはあのころみたいに流星《りゅうせい》くんとこうやって笑《わら》いあいたい。

ずっとこうしていたい！

そして、おたがいの笑《わら》い声《ごえ》が少《すこ》しずつ小《ちい》さくなっていくと流星《りゅうせい》くんがわたしのヘアピンに目《め》をやった。

流星《りゅうせい》くん、もしかして気《き》がついてくれた？

どきんと心臓《しんぞう》が小《ちい》さく音《おと》を立《た》てる。

流星《りゅうせい》くんが優《やさ》しい声《こえ》で言《い》った。

「おれの名前《なまえ》にも星《ほし》が入《はい》っているんだ」

胸《むね》が破裂《はれつ》しそうになった。

流星《りゅうせい》くんはこの星形《ほしがた》のボタンのこともあのときの会話《かいわ》も全部《ぜんぶ》おぼえてくれている！

どうしよう、うれしすぎて次《つぎ》のセリフがうかばない！

「はい、そこまで！」

監督《かんとく》の手《て》がたたかれた。

「これで審査《しんさ》は終了《しゅうりょう》です。結果《けっか》はまたロビーでお待《ま》ちください」

わたしはほっと胸《むね》をなでおろしたけど、流星《りゅうせい》くんは1秒《びょう》でクールな流星《りゅうせい》くんにもどっていて、もうわたしのことを見《み》てもくれなかった。

やっぱり、あのまま時間《じかん》が止《と》まってくれればよかったのかもしれない。

他《ほか》の候補者《こうほしゃ》と部屋《へや》を出《で》ると権田原《ごんだわら》さんが息《いき》を切《き》らして走《はし》ってきた。

「結《ゆい》ちゃん、作戦《さくせん》があるなら前《まえ》もって教《おし》えてよ。近《ちか》くのディスカウントショップで洋服《ようふく》を買《か》ってきたから。かわいくない服《ふく》だけど風邪《かぜ》を引《ひ》くよりいいから！　この階《かい》の奥《おく》にあるミーティングルームを使《つか》っていいって許可《きょか》をもらってきたからすぐに着《き》がえて！　あ、柚《ゆず》ちゃんもおつかれさま。そうだ、柚《ゆず》ちゃんもいっしょに来《き》て」

権田原《ごんだわら》さんはわたしと柚《ゆず》ちゃんをミーティングルームの前《まえ》に連《つ》れていった。

「結《ゆい》ちゃんは中《なか》で着替《きが》えて、柚《ゆず》ちゃんはドアの外《そと》で見《み》はっていて。ぼく、事務所《じむしょ》にまた連《れん》絡《らく》しないといけないから！　柚《ゆず》ちゃん、頼《たの》んだよ」

権田原《ごんだわら》さんはわたしに服《ふく》をわたし、ドタバタとエスカレーターのほうに向《む》かった。

「結《ゆい》ちゃん、早《はや》く着《き》がえなよ。ぬれて審査《しんさ》に挑《いど》むなんてすごいね。あたしには絶対《ぜったい》に思《おも》いつかない」

柚《ゆず》ちゃんは本気《ほんき》でわたしをほめているようだった。

やっぱり、柚《ゆず》ちゃんが水《みず》をかけたわけじゃないのかな……？

できればイヤリングは柚《ゆず》ちゃんがトイレを使《つか》ったときにたまたま落《お》ちたんだと信《しん》じたい。

でも、芸能界《げいのうかい》ってふつうじゃないから何《なに》を信《しん》じていいのかもわからない。

「ありがとう、ちょっと待《ま》っててね」

わたしはミーティングルームに入《はい》って、ドアを閉《し》めた。

向《む》かいあって話《はな》しあいができそうなミーティング用《よう》の大《おお》きなテーブルと、それを囲《かこ》むように椅子《いす》が並《なら》んでいた。

ぬれた服《ふく》を脱《ぬ》ぎ、権田原《ごんだわら》さんが用意《ようい》してくれた服《ふく》を着《き》る。

そして服《ふく》は緑《みどり》に白《しろ》のラインが入《はい》ったジャージだった。

ディスカウントショップにはこれしかなかったんだろうね。

でも、ぬれているよりはぜんぜんいい。

権田原《ごんだわら》さん、ありがとう。

ぬれた服《ふく》のポケットからトイレで拾《ひろ》ったハートのイヤリングを出《だ》し、ジャージのポケットに入《い》れた。

柚《ゆず》ちゃんにはふつうに返《かえ》そう。

だって、柚《ゆず》ちゃんはやっていないから！

「結《ゆい》ちゃん、着《き》がえた？」

「うん。着《き》がえたよ。ドアを開《あ》けてもいいよ」

柚《ゆず》ちゃんがドアを開《あ》けてわたしの姿《すがた》を見《み》るなり、笑《わら》いだした。

「権田原《ごんだわら》さんのセンス、どうなってるのー？　『ファッションもタレントの大切《たいせつ》な仕事《しごと》だ』『オーディション会場《かいじょう》ではいつだれに見《み》られているかわからない』ってうるさく言《い》ってくるのに」

オーディションが終《お》わってほっとしているのか柚《ゆず》ちゃんは楽《たの》しそうだった。

よし、今《いま》、返《かえ》そう！

「これ、柚《ゆず》ちゃんのだよね。落《お》ちてたよ」

わたしはポケットからハートのイヤリングを出《だ》し、柚《ゆず》ちゃんに見《み》せた。

柚《ゆず》ちゃんがはっとした表情《ひょうじょう》をして、自分《じぶん》の耳元《みみもと》にふれる。

「いつのまに、落《お》ちたんだろう」

柚《ゆず》ちゃんは急《きゅう》に笑《わら》うのをやめた。

表情《ひょうじょう》がこわばりだしている。

かすかにイヤな予感《よかん》がした。

柚《ゆず》ちゃん、どうして、顔《かお》がこわばっているの？

さっきみたいにケラケラ笑《わら》っていてよ！

「どこで拾《ひろ》ったの？」

柚《ゆず》ちゃんがわたしと目《め》をあわせず聞《き》いてきた。

「トイレ。柚《ゆず》ちゃんも鏡《かがみ》の前《まえ》で身《み》だしなみのチェックをして、それで落《お》ちたんじゃない？」

わたしは勝手《かって》に頭《あたま》の中《なか》で柚《ゆず》ちゃんが身《み》だしなみをチェックしながらイヤリングを落《お》とし、それに気《き》づかず、トイレを出《で》て行《い》ったことを想像《そうぞう》した。

なんで、こんな想像《そうぞう》をしているのかわからないけど。

そこから先《さき》、柚《ゆず》ちゃんは何《なに》も答《こた》えなかった。

まるで会話《かいわ》が消《き》えたかのようだった。

重苦《おもくる》しい空気《くうき》がわたしたちを包《つつ》む。

わたしはたえきれなくなった。

「1階《かい》に行《い》こうか？　結果発表《けっかはっぴょう》はロビーでやるんだよね？」

ミーティングルームを出《で》ようとしたとき。

柚《ゆず》ちゃんが口《くち》を開《ひら》いた。


「不公平《ふこうへい》だから公平《こうへい》にしただけ」

わたしの足《あし》が止《と》まった。
柚《ゆず》ちゃん、それってどういう意味《いみ》？
どうしていきなり、そんなことを言《い》いだすの？
それって、柚《ゆず》ちゃんがわたしに水《みず》をかけたってこと……!?
わたしは緊張《きんちょう》しながらゆっくりとふりむいた。

8. 友《とも》だちにはなれない

「あたしが結《ゆい》ちゃんに水《みず》をかけたの」

柚《ゆず》ちゃんが自分《じぶん》に言《い》い聞《き》かせるかのように言《い》いだした。

「おぼえてるよね？　映画《えいが》の撮影《さつえい》のとき。教室《きょうしつ》での授業《じゅぎょう》のシーン。あたしは天川流星《あまかわりゅうせい》が作《つく》りあげている独特《どくとく》の緊張感《きんちょうかん》の中《なか》、何度《なんど》もセリフを失敗《しっぱい》した」

わたしはしっかりとうなずいた。

はっきりとおぼえている。

わたしは柚《ゆず》ちゃんに同情《どうじょう》をおぼえ、流星《りゅうせい》くんに怒《いか》りを感《かん》じた。

「そうしたら天川流星《あまかわりゅうせい》の長《なが》ゼリフの途中《とちゅう》、エキストラの女《おんな》の子《こ》がくしゃみをして彼《かれ》を怒《おこ》らせた。それが結《ゆい》ちゃん。なのに監督《かんとく》は次《つぎ》の廊下《ろうか》のシーンで、天川流星《あまかわりゅうせい》を怒《おこ》らせたエキストラの結《ゆい》ちゃんを使《つか》った。しかも、セリフまでしゃべらせた」

「わたしは演技《えんぎ》なんてしたことないから20回《かい》ぐらいセリフを言《い》いなおしたよね」

撮影《さつえい》での流星《りゅうせい》くんは、相手《あいて》の演技《えんぎ》にうるさくいじわるだった。

「あたしはあのとき、結《ゆい》ちゃんに同情《どうじょう》したの。この子《こ》も天川流星《あまかわりゅうせい》にボロボロにされるって。だけど……」

柚《ゆず》ちゃんはそこまで口《くち》にすると目《め》つきがきびしくなった。

「**結《ゆい》ちゃんは演技《えんぎ》なんてしたことないのに天川流星《あまかわりゅうせい》に負《ま》けなかった。**監督《かんとく》が喜《よろこ》ぶ演技《えんぎ》をした。しかもそのシーンが映画《えいが》の宣伝《せんでん》に使《つか》われて有名《ゆうめい》になった。あたしはくやしかった。しかも……」

柚《ゆず》ちゃんはくちびるをかみしめた。

「その後《あと》、事務所《じむしょ》で権田原《ごんだわら》さんに説明《せつめい》されたんだ。『天川流星《あまかわりゅうせい》が演《えん》じる鈴木《すずき》くんを助《たす》けるシーンは、柚《ゆず》ちゃんじゃなく、エキストラ参加《さんか》からいきなり話題《わだい》になった女《おんな》の子《こ》がやることになった。この業界《ぎょうかい》にはよくあることだから』って」

わたしは流星《りゅうせい》くん会《あ》いたさにあのシーンを演《えん》じることを引《ひ》きうけたけど、柚《ゆず》ちゃんのことはひっかかっていた。

やっぱり柚《ゆず》ちゃんはわたしが鈴木《すずき》くんを助《たす》けるシーンを演《えん》じることになって、深《ふか》く傷《きず》ついていたんだ。

「だけどね、権田原《ごんだわら》さんがあたしの肩《かた》に手《て》を置《お》いてなぐさめてくれて、それが救《すく》いになった。泣《な》いていても仕方《しかた》がないから演技《えんぎ》のレッスンを本格的《ほんかくてき》に受《う》けてみた。次《つぎ》のチャンスは絶対《ぜったい》にものにしようって」

今日《きょう》の柚《ゆず》ちゃんが輝《かがや》いていたのには裏《うら》でそういう努力《どりょく》があったんだね。

柚《ゆず》ちゃんはプロ意識《いしき》があって、どんどん成長《せいちょう》できるすごい子《こ》だ。

そう伝《つた》えたいけど、わたしがそれを言《い》っても柚《ゆず》ちゃんをいらだたせるだけだ。

はがゆさに両手《りょうて》をにぎりしめると、柚《ゆず》ちゃんの話《はなし》はつづいた。

「なのに、権田原《ごんだわら》さんがある日《ひ》、平気《へいき》でにこにこしながら言《い》ってきた。『結《ゆい》ちゃんがミラクルに入《はい》ることになったよ。いっしょにCM《シーエム》のオーディションを受《う》けるから』って。**権田《ごんだ》原《わら》さんはあたしのマネージャーなのに、あたしから仕事《しごと》を奪《うば》った子《こ》を事務所《じむしょ》に入《い》れて喜《よろこ》んでいた**」

何《なに》も言《い》えなかった。

「権田原《ごんだわら》さんはあたしの気持《きも》ちなんて何《なに》も考《かんが》えてない。売《う》れそうな子《こ》は片《かた》っぱしから声《こえ》をかけてひとりでも売《う》れればいいってだけなんだよ……」

柚《ゆず》ちゃんの声《こえ》はふるえていた。

たしかに権田原《ごんだわら》さんはわたしの家《いえ》にスカウトに来《き》たとき、事務所《じむしょ》に柚《ゆず》ちゃんが所属《しょぞく》していることを教《おし》えてくれなかった。

権田原《ごんだわら》さんからすれば、このオーディションはわたしか柚《ゆず》ちゃんのどちらかが受《う》かればいいわけで、落《お》ちたほうの気持《きも》ちなんておそらく考《かんが》えていない。

「権田原《ごんだわら》さんが極秘情報《ごくひじょうほう》って教《おし》えてくれたんだけど。『鈴木《すずき》くんは犯人《はんにん》じゃありません』の原作者《げんさくしゃ》、西川多摩子《にしかわたまこ》さんって結《ゆい》ちゃんの育《そだ》てのお母《かあ》さんなんだって？」

柚《ゆず》ちゃんがわたしの目《め》を見《み》て聞《き》いてきたので「うん、そうだよ」と答《こた》えた。

「強力《きょうりょく》な味方《みかた》だよね。天川流星《あまかわりゅうせい》のマネージャーの神月《かんづき》さんだって、あたしひとりだったら、話《はな》しかけてこなかったよ。結《ゆい》ちゃんに興味津々《きょうみしんしん》だった」

「そんなことはないよ。もしあったとしても、わたしじゃなくて多摩子《たまこ》さんに興味《きょうみ》があるんじゃない？」

「それもあるだろうけど、結《ゆい》ちゃんは強力《きょうりょく》な大人《おとな》の味方《みかた》が３人《にん》もいる。西川《にしかわ》さん、神月《かんづき》さん、権田原《ごんだわら》さん。そして大人以外《おとないがい》にさらに強力《きょうりょく》な味方《みかた》。天川流星《あまかわりゅうせい》」

「え……」

流星《りゅうせい》くんの名前《なまえ》が出《で》てきてどきりとした。

「結《ゆい》ちゃん、天川流星《あまかわりゅうせい》とアイコンタクトをしていた。共演《きょうえん》して結《ゆい》ちゃんは天川流星《あまかわりゅうせい》と仲《なか》よくなったんだね」

流星《りゅうせい》くんと目《め》があって喜《よろこ》んでいたところを見《み》られていたんだ。

柚《ゆず》ちゃんが低《ひく》くて冷《つめ》たい声《こえ》を出《だ》す。

「こんなにたくさん味方《みかた》がいれば、権田原《ごんだわら》さんが結《ゆい》ちゃんに教《おし》えることなんてないよね。あたしがどんなにがんばったって勝《か》てないよね」

わたしがどう答《こた》えていいかわからないでいるととどめのような言葉《ことば》が飛《と》んできた。

「あたしも審査前《しんさまえ》にやっぱりトイレに行《い》ったの。ちょうど結《ゆい》ちゃんが個室《こしつ》に入《はい》ってドアを閉《し》めるところが見《み》えた。そこに水《みず》の入《はい》ったバケツがあって……。気《き》がついたらやっちゃった」

そこまで話《はな》されると、流星《りゅうせい》くんがわたしに言《い》ったことを思《おも》い出《だ》した。

柚《ゆず》はおまえをうらんでいる。

流星《りゅうせい》くんの考《かんが》えすぎだと思《おも》っていたけれど、本当《ほんとう》だった。

だけど、わたしは柚《ゆず》ちゃんを責《せ》める気《き》にまったくなれない。

そして柚《ゆず》ちゃんが言葉《ことば》を足《た》した。

「でも、結《ゆい》ちゃんのさっきの演技《えんぎ》を見《み》たら、水《みず》をかけた自分《じぶん》がみじめになった。あたしが審査《しんさ》の前《まえ》にずぶぬれになったらあきらめるけど、結《ゆい》ちゃんはあきらめない。むしろそれを使《つか》って自分《じぶん》らしい演技《えんぎ》をしちゃう」

柚《ゆず》ちゃんは泣《な》くのをこらえていた。

「結《ゆい》ちゃんは西川多摩子《にしかわたまこ》がいなくても、天川流星《あまかわりゅうせい》と仲《なか》よくならなくても、いくつかオーディションを受《う》ければ必《かなら》ず受《う》かる子《こ》なんだよ」

「そ、そんなことはないよ」

「そういう謙遜《けんそん》やめなよ。むかつくよ。本当《ほんとう》は映画《えいが》の撮影《さつえい》のときから、あの廊下《ろうか》のシーンから結《ゆい》ちゃんはすごい子《こ》だってわかっていた。だけどくやしいから、結《ゆい》ちゃんには強力《きょうりょく》な味方《みかた》がいるって、そのせいにして自分《じぶん》を楽《らく》にしたかったんだよ」

「……柚《ゆず》ちゃん」

「今《いま》になってわかったけど、本当《ほんとう》は結《ゆい》ちゃんに水《みず》をかけたかったんじゃなくて、権田原《ごんだわら》さんにかけたかったのかも……」

柚《ゆず》ちゃんが声《こえ》をふるわせながら、へなへなとくずれていき、床《ゆか》にひざをついた。

「自分《じぶん》で雑誌《ざっし》を読《よ》んで、応募《おうぼ》して、あたし、3年生《ねんせい》のころからミラクルにいるのに。権田原《ごんだわら》さんとがんばってきたのに……」

そして、柚《ゆず》ちゃんが**「結《ゆい》ちゃん、ごめ……」**とまで言《い》いかけた。

柚《ゆず》ちゃんがわたしにあやまろうとしている。

そう気《き》づくと、わたしもしゃがみこみ、柚《ゆず》ちゃんの口《くち》を自分《じぶん》の手《て》でおさえた。

「それ以上《いじょう》、言《い》わないで！　わたし、水《みず》をかけられてむしろ楽《らく》になった」

柚《ゆず》ちゃんの目《め》がおどろきで丸《まる》くなり、わたしは彼女《かのじょ》の口《くち》から手《て》をはなした。

「多摩子《たまこ》さんの力《ちから》で映画《えいが》の現場《げんば》に行《い》けて、それがきっかけで今日《きょう》もオーディションを受《う》けられた。それがずっとどこかでひっかかっていた。だけど、柚《ゆず》ちゃんに水《みず》をかけられて楽《らく》になれた。これでおあいこ！」

「……結《ゆい》ちゃん」

柚《ゆず》ちゃんと目《め》があう。

ここが学校《がっこう》だったら、これを機《き》に柚《ゆず》ちゃんと友《とも》だちになれる。

だけど、芸能界《げいのうかい》は子《こ》どものわたしには想像《そうぞう》もできない大人《おとな》の思惑《おもわく》が多《おお》すぎて、友《とも》だちになんてなったら、逆《ぎゃく》に傷《きず》つきそうだ。

今《いま》、わたしが経験《けいけん》したようなことってきっと芸能界《げいのうかい》ではよくあるんだろうな。

だから流星《りゅうせい》くんは「こっちの世界《せかい》に来《き》てみろ。つぶすからな」って言《い》ったのかもしれない。

わたしにつらい思《おも》いをさせないために。

だとすると、流星《りゅうせい》くんもイヤな思《おも》いを今《いま》までにたくさんしたってこと……!?

「おーい、結《ゆい》ちゃん、柚《ゆず》ちゃん、いる？　結果発表《けっかはっぴょう》の時間《じかん》だよ」

ドアの向《む》こうから権田原《ごんだわら》さんの声《こえ》が聞《き》こえてきた。

わたしたちは立《た》ちあがる。

「じゃあ、結《ゆい》ちゃん。おあいこでいいんだね？」

「うん」

わたしは柚《ゆず》ちゃんの問《と》いかけにしっかりとうなずいた。

柚《ゆず》ちゃんはいっしゅんで何《なに》ごともなかったかのように、小学生《しょうがくせい》モデル柚《ゆず》の顔《かお》になってドアを開《あ》けた。

柚《ゆず》ちゃん、すごい子《こ》だ。

芸能界《げいのうかい》って特殊《とくしゅ》で怖《こわ》いところもたくさんあるけど、柚《ゆず》ちゃんはそこで戦《たたか》ってきっと輝《かがや》いていく子《こ》なんだ。

権田原《ごんだわら》さん、柚《ゆず》ちゃん、わたしの3人《にん》で、1階《かい》のロビーに向《む》かった。

審査結果《しんさけっか》はだれにもわからない……！

9. 流星《りゅうせい》くんが守ってくれた

ロビーには他《ほか》の候補者《こうほしゃ》、そのマネージャーさんらしき人《ひと》たちも立《た》っていた。

わたしたちもその後《うし》ろに立《た》つ。

そして審査員《しんさいん》たちがやってきた。

中《なか》には流星《りゅうせい》くんもいた。

マネージャーの神月《かんづき》さんも。

審査員《しんさいん》たちが足《あし》を止《と》め、監督《かんとく》が一歩前《いっぽまえ》に出《で》てきて声《こえ》を出《だ》した。

「今日《きょう》はみなさまおつかれさまでした。最終審査《さいしゅうしんさ》ということで、将来性《しょうらいせい》のある方《かた》ばかりが残《のこ》り、選《えら》ぶのに時間《じかん》がかかってしまいました。みなさん、本当《ほんとう》にセンスがあるので、もれたとしてもたまたまイメージがあわなかっただけですので落《お》ちこまずにがんばってください。それでは天川流星《あまかわりゅうせい》くんの共演者《きょうえんしゃ》に選《えら》ばれた子《こ》を発表《はっぴょう》します」

ロビー全体《ぜんたい》がしんと静《しず》まった。

選《えら》ばれなかったら、わたしが流星《りゅうせい》くんと会《あ》える機会《きかい》はない。

そう考《かんが》えると結果《けっか》を聞《き》くのが怖《こわ》い。

緊張《きんちょう》しすぎて耐《た》えられない！


「流星《りゅうせい》くんとのフレッシュなやりとりが決《き》め手《て》になりました！　大沢結《おおさわゆい》さん、おめでとうございます」


え……？

今《いま》、わたしの名前《なまえ》だった？


「結《ゆい》ちゃん、やった！」

権田原《ごんだわら》さんがわたしの背中《せなか》をたたいた。

パチパチパチ。

柚《ゆず》ちゃんが拍手《はくしゅ》をしだすと他《ほか》の子《こ》やマネージャーも手《て》をたたいてくれた。

わたしに決《き》まったの？　ウソでしょ？

もしかして夢《ゆめ》……？

「映画《えいが》の共演者《きょうえんしゃ》が有利《ゆうり》に決《き》まってる」

拍手《はくしゅ》の音《おと》の中《なか》からそんな声《こえ》が聞《き》こえてきた。

どこかのマネージャーが、自分《じぶん》の事務所《じむしょ》に所属《しょぞく》している子《こ》をなぐさめているようだった。

皮肉《ひにく》にもわたしはこの声《こえ》でこれは夢《ゆめ》じゃなくて現実《げんじつ》だってわかった。

「そうだよね、出来《でき》レースだよね」

そんな声《こえ》も聞《き》こえた。

何気《なにげ》なく周囲《しゅうい》を見《み》まわすと、拍手《はくしゅ》をしてくれている人《ひと》たちは権田原《ごんだわら》さん以外《いがい》だれも笑《わら》っていなかった。

柚《ゆず》ちゃんはまるで結果《けっか》がわかっていたかのような顔《かお》だった。

だけど、柚《ゆず》ちゃんが拍手《はくしゅ》をしてくれなかったらもっと冷《ひ》えきった空気《くうき》だった。

ありがとう、柚《ゆず》ちゃん。

「大沢結《おおさわゆい》さん、前《まえ》に出《で》てきてください。あれ、ジャージなの？」

監督《かんとく》が微笑《ほほえ》み、他《ほか》の審査員《しんさいん》も笑《わら》った。

わたしは緊張《きんちょう》しながら前《まえ》に出《で》ると、流星《りゅうせい》くんと並《なら》んで立《た》たされた。

流星《りゅうせい》くんはあいかわらずクールな表情《ひょうじょう》だ。

だれもわたしが合格《ごうかく》したことを喜《よろこ》んでいない。

権田原《ごんだわら》さんは、わたしと柚《ゆず》ちゃんのどちらかが合格《ごうかく》すればいいだけで、わたしだから喜《よろこ》んでいるわけではない。

だから、せめて、流星《りゅうせい》くんだけには喜《よろこ》んでほしいけど、流星《りゅうせい》くんはわたしの合格《ごうかく》をどう思《おも》っているんだろう？

「それでは大沢結《おおさわゆい》さん、一言《ひとこと》お願《ねが》いします」

監督《かんとく》にマイクをわたされた。

いきなり、一言《ひとこと》って何《なん》の準備《じゅんび》もしていないよ！

権田原《ごんだわら》さんの『結《ゆい》ちゃん、がんばれ』って口《くち》パクが見《み》えるけど、どうしたらいいの？

すると流星《りゅうせい》くんがわたしの耳元《みみもと》でささやく。

「大人《おとな》が喜《よろこ》ぶありきたりなことでいい」

え！　大人《おとな》が喜《よろこ》ぶありきたりなこと？

じゃあ……！

「選《えら》んでくださってありがとうございます。がんばります」

流星《りゅうせい》くんに言《い》われたとおりにありきたりなことをしゃべると、スポンサーって紙《かみ》に書《か》れていた人《ひと》や他《ほか》の審査員《しんさいん》も満足《まんぞく》そうに手《て》をたたいていた。

なんだか、自分《じぶん》がどんどん汚《よご》れていくみたい！

だけど、流星《りゅうせい》くんが助《たす》けてくれた。

それはとてもうれしい。

「それでは流星《りゅうせい》くんも一言《ひとこと》、お願《ねが》いします」

監督《かんとく》はわたしからマイクをとり、流星《りゅうせい》くんにわたした。

流星《りゅうせい》くんはマイクをにぎり、口《くち》を開《ひら》く。

「みなさん、おつかれさまでした。ぼくが審査員《しんさいん》のひとりでやりにくかったかもしれませんが、気持《きも》ちよく演技《えんぎ》ができる現場《げんば》なんてほぼないです」

……あいかわらず、口《くち》が悪《わる》いんだね。

さらにこうつづけた。

「大沢結《おおさわゆい》さんはぼくとの共演歴《きょうえんれき》があって有利《ゆうり》なように思《おも》えるかもしれませんが、逆《ぎゃく》に審査《しんさ》がきびしかったところもありました。CM《シーエム》を観《み》てくださる人《ひと》たちにぼくと映画《えいが》で共演《きょうえん》したから大沢結《おおさわゆい》さんを採用《さいよう》したとは思《おも》われたくなかったからです」

流星《りゅうせい》くんの言葉《ことば》におどろいた。

そんな裏事情《うらじじょう》があったの？

「ペップさんの新商品《しんしょうひん》ということでペップさんの希望《きぼう》で既存《きぞん》のイメージをぶち壊《こわ》すような子《こ》にしようと大沢結《おおさわゆい》さんに決《き》まりました。だから落《お》ちたみなさんはおちこむ必要《ひつよう》はまったくないです。『ぶち壊《こわ》す』にみなさん、そんなに憧《あこが》れますか？」

流星《りゅうせい》くんは冷《ひ》ややかに笑《わら》った。

何《なに》、それ〜！　ひどい〜！

わたしはすごく頭《あたま》にきたけど、不合格《ふごうかく》でがっくりしていた子《こ》たちがくすりと笑《わら》った。

流星《りゅうせい》くん、もしかして、この子《こ》たちを怒《おこ》らせないためにわざと言《い》った？

「というわけで大沢《おおさわ》さん、またお願《ねが》いします」

流星《りゅうせい》くんがわたしに手《て》を出《だ》した。

これって、握手《あくしゅ》ってことだよね。

わたしは手《て》をのばし、流星《りゅうせい》くんがわたしの手《て》をにぎった。

言葉《ことば》はひどいけど、その手《て》の温《ぬく》もりが「結《ゆい》、おめでとう」って言《い》ってくれているようだった。

ペップの社員《しゃいん》さんが「おつかれさまでした。ペップの飲《の》み物《もの》を持《も》って帰《かえ》ってくださいね」と他《ほか》の子《こ》たちに飲《の》み物《もの》をわたすと、みんな帰《かえ》っていく。

わたしは権田原《ごんだわら》さんのそばにもどろうとしながらも、このまま流星《りゅうせい》くんのとなりにもいたかった。

すると流星《りゅうせい》くんが、わたしの顔《かお》とはぜんぜんちがう方向《ほうこう》を見《み》ながら声《こえ》だけ出《だ》してきた。

「だれにやられた?」

直球《ちょっきゅう》で質問《しつもん》された。

「受《う》かりたくて自分《じぶん》でやったことにしておいて」

水《みず》をかけられたことはもう忘《わす》れたい。

「強《つよ》がっていると限界《げんかい》が来《く》る」

流星《りゅうせい》くんはまたわたしに顔《かお》をむけないまま言《い》った。

「そのときは流星《りゅうせい》くんが守《まも》ってくれるよね」

流星《りゅうせい》くんはちょっとおどろいていたようだ。

だって、このオーディションの間《あいだ》、流星《りゅうせい》くんはずっとわたしを守《まも》ってくれていた。

通用口《つうようぐち》に着《つ》いてしまったわたしをロビーに連《つ》れていってくれたし、二次審査《にじしんさ》では推《お》してくれたし、最終審査《さいしゅうしんさ》も流星《りゅうせい》くんがいなかったらわたしは受《う》けられなかったかもしれない。

さっきだって、わたしが嫉妬《しっと》されないように、ぶち壊《こわ》すに憧《あこが》れますか？　って笑《わら》いをとってくれていた。

「流星《りゅうせい》、次《つぎ》の仕事《しごと》があるわよ」

神月《かんづき》さんがやってきた。

「大沢結《おおさわゆい》さん、次《つぎ》はCM《シーエム》の撮影現場《さつえいげんば》でお会《あ》いしましょう」

「は、はい」

わたしは緊張《きんちょう》しながら頭《あたま》を下《さ》げた。

流星《りゅうせい》くんは連《つ》れていかれてしまった。

わたしは流星《りゅうせい》くんの背中《せなか》をずっと見《み》ていた。

「結《ゆい》ちゃん、帰《かえ》ろう」

権田原《ごんだわら》さんがやってきた。

「柚《ゆず》ちゃんは？」

「ひとりで帰《かえ》りたいって。まあ、そりゃそうだよね」

権田原《ごんだわら》さんは頭《あたま》をかいている。

学校《がっこう》の友《とも》だちだったらわたしは柚《ゆず》ちゃんを追《お》いかける。

だけど、ここは学校《がっこう》じゃない……。

「わかりました。じゃあ、帰《かえ》りましょう」

わたしと権田原《ごんだわら》さんはペップのビルを出《で》た。

流星《りゅうせい》くんにまた会《あ》える！
その希望《きぼう》がわたしを支《ささ》えてくれた。

10. 今《いま》になってわかること

「結《ゆい》ちゃん、おめでとう！」

家《いえ》の玄関《げんかん》に入《はい》るなり、倫太郎《りんたろう》がクラッカーをならしてくれた。

紙《かみ》テープや紙《かみ》ふぶきがわたしの体《からだ》に優《やさ》しくふってくる。

「倫太郎《りんたろう》、どうして知《し》ってるの？」

「権田原《ごんだわら》さんからお母《かあ》さんに連絡《れんらく》が来《き》た！　今日《きょう》はパーティーだよ！」

倫太郎《りんたろう》に手《て》をひっぱられてダイニングにむかうと、わたしが好《す》きなキーマカレーや、鶏《とり》のからあげが並《なら》んでいる。

「結《ゆい》、よかったね」

多摩子《たまこ》さんが笑《わら》いながら、テーブルにスプーンを並《なら》べていた。

「一応《いちおう》、おめでとう」

大河《たいが》くんは腕《うで》を組《く》んで座《すわ》っている。

なぜか機嫌《きげん》が悪《わる》い。

「流星《りゅうせい》くんの相手役《あいてやく》じゃなければ、大河《たいが》くんは『結《ゆい》！　ちょーおめでとう』って大《おお》きな声《こえ》を出《だ》しているのにね」

「うるさいぞ、倫太郎《りんたろう》」

大河《たいが》くんが怒《おこ》り、倫太郎《りんたろう》が舌《した》をちょろりと出《だ》した。

大河《たいが》くんはなぜか流星《りゅうせい》くんがきらいなんだよね。

「ところで結《ゆい》ちゃん。なんでジャージを着《き》ているの？」

倫太郎《りんたろう》が聞《き》いてきた。

まずい……！

「トイレで水《みず》が入《はい》っていたバケツをひっくりかえしちゃって！」

「何《なに》やってるんだよ。やっぱり結《ゆい》は俳優《はいゆう》より芸人《げいにん》だな」

大河《たいが》くんが親《した》しみをこめて笑《わら》っていた。

「大変《たいへん》だったね、結《ゆい》。そうだ、チャラ監督《かんとく》からメッセージ」

多摩子《たまこ》さんが自分《じぶん》のスマホを見《み》せてくれた。

チャラ監督《かんとく》っていうのは『鈴木《すずき》くんは犯人《はんにん》じゃありません』の映画監督《えいがかんとく》のこと。

その映画《えいが》でわたしと流星《りゅうせい》くんは再会《さいかい》できた。

チャラくてむかつくこともあれば、助《たす》けてくれることもある。

流星《りゅうせい》くんの俳優《はいゆう》としての強《つよ》みも弱《よわ》みもわかっていて、わたしに本格的《ほんかくてき》に演技《えんぎ》をやってみればと勧《すす》めてもくれた。

ちなみにチャラ監督《かんとく》は権田原《ごんだわら》さんと学生時代《がくせいじだい》からの友《とも》だちなんだって！

メッセージには『合格《ごうかく》おめでとう！　早《はや》くスターになっておれを監督《かんとく》としてやとってくれ』とあった。

あいかわらずって感《かん》じで、思《おも》わず笑《わら》っちゃった！

「腹《はら》へったー。食《く》おうぜ」

大河《たいが》くんが自分《じぶん》の家《いえ》のようにわがままにふるまっている。

まあ、これが大河《たいが》くんのいいところだ。

「大河《たいが》くん、わたしもお腹空《なかす》いたよ。そうだ、ペップサイダーをたくさんもらってきたんだ」

わたしはバッグからペップサイダーを四《よっ》つだし、みんなで乾杯《かんぱい》した。


その夜《よる》。

ベッドに入《はい》ろうとしたらノックがなった。

「結《ゆい》、入《はい》るよ。権田原《ごんだわら》さんから連絡《れんらく》があって、CM《シーエム》の撮影《さつえい》は来週《らいしゅう》の日曜日《にちようび》だって」

「そうなんだ。ありがとう」

来週《らいしゅう》には流星《りゅうせい》くんにまた会《あ》える。

胸《むね》の奥《おく》が熱《あつ》くなった。

多摩子《たまこ》さんは立《た》ったままベッドに座《すわ》っているわたしに言《い》った。

「権田原《ごんだわら》さんから聞《き》いたけど審査員《しんさいん》に流星《りゅうせい》くんがいて、結《ゆい》を推《お》してくれたんだって？　少《すこ》

たいかな」

「うん。映画《えいが》の撮影《さつえい》のときより態度《たいど》がやわらかくなっていた。だけど、人《ひと》がいる前《まえ》では冷《つめ》たいかな」

わたしがうつむきながらしゃべると、多摩子《たまこ》さんがとなりに座《すわ》ってきた。

「人前《ひとまえ》では天川流星《あまかわりゅうせい》を演《えん》じているのかもしれないね。だけど、結《ゆい》を推《お》したってことは流星《りゅうせい》くんは、施設《しせつ》で仲《なか》がよかった結《ゆい》とまた友《とも》だちになりたいって気持《きも》ちもあるんじゃないかな。映画《えいが》の撮影《さつえい》ではいきなりの再会《さいかい》で彼《かれ》もとまどっていたのかもよ」

そうかもしれない。

今日《きょう》のオーディションでわかったけれど、流星《りゅうせい》くんは芸能界《げいのうかい》に入《はい》ってつらい経験《けいけん》もいっぱいしたんじゃないかな。

主役《しゅやく》を演《えん》じるってわたしには想像《そうぞう》もつかない大変《たいへん》なことがあるだろうし、そこにいきなりわたしがあらわれて、流星《りゅうせい》くんとしてはいろんな想定外《そうていがい》が起《お》きたのかもしれない。

「あたし、気《き》になっていることがあるんだ」

「え、何《なに》？」

「……流星《りゅうせい》くんはどんな人《ひと》に引《ひ》きとられたんだろう？」

多摩子《たまこ》さんの疑問《ぎもん》にはっとさせられた。

そうだ、流星《りゅうせい》くんってどんな人《ひと》に引《ひ》きとられたんだろう。

そして、その人《ひと》たちは流星《りゅうせい》くんが芸能界《げいのうかい》に入《はい》って活躍《かつやく》していることをどう受《う》けとめているんだろう……！

CM《シーエム》の撮影《さつえい》でふたりきりになれる時間《じかん》があったら聞《き》いてみたい。

そんな時間《じかん》があるかどうかも、流星《りゅうせい》くんが教《おし》えてくれるかもわからないけど……！

11. 本当《ほんとう》にデートしちゃう？

CM《シーエム》の撮影日《さつえいび》がやって来《き》た。

スタジオがある駅《えき》に降《お》りると青《あお》い空《そら》が広《ひろ》がっていた。

流星《りゅうせい》くんと話《はな》せるチャンスがあるかな？

たぶん、みんなの前《まえ》ではあいかわらず態度《たいど》が悪《わる》いだろうけど、ふたりきりになったらちがうかもしれない。

どんな人《ひと》に引《ひ》きとられたかとか、どんな生活《せいかつ》をしてきたかとか話《はな》してくれないかな？

デリケートな話《はなし》だから、撮影現場《さつえいげんば》ではむずかしいかな？

「結《ゆい》ちゃん！　おはよう」

権田原《ごんだわら》さんが駅《えき》の外《そと》で待《ま》っていてくれた。

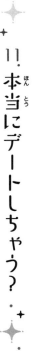

「おはようございます」

「緊張《きんちょう》しないでいつもどおりでいいからね。あ、でもペップ関係者《かんけいしゃ》には愛想《あいそ》よくしておいて。あの人《ひと》たちがお金《かね》を出《だ》すんだから」

歩《ある》きながら権田原《ごんだわら》さんが一生懸命説明《いっしょうけんめいせつめい》してくれた。

流星《りゅうせい》くんの「大人《おとな》が喜《よろこ》ぶありきたりなことでいい」って言《い》ってくれた声《こえ》が思《おも》い出《だ》される。

柚《ゆず》ちゃんも権田原《ごんだわら》さんに「えらい人《ひと》にはすぐに自分《じぶん》をアピール」って教《おそ》わったんだっけ。

ため息《いき》が出《で》そう。

しばらく歩《ある》くと白《しろ》い3階建《かいだ》てのビルに着《つ》く。

「ここは業界《ぎょうかい》でよく使《つか》うんだ。撮影専用《さつえいせんよう》のビルスタジオで、CM《シーエム》は3階《かい》のF《エフ》スタジオで撮《と》る」

権田原《ごんだわら》さんがそう言《い》い終《お》わると同時《どうじ》に、スマホの着信音《ちゃくしんおん》が鳴《な》った。

「結《ゆい》ちゃん、ごめん、先《さき》に入《はい》って。3階《かい》のF《エフ》スタジオのとなりのメイクルームに行《い》って！」

「はい。えーと、F《エフ》スタジオのとなりのメイクルームですね」

わたしは自動《じどう》ドアからビルに入《はい》ってエレベーターの前《まえ》に立《た》った。

ひとりになると急《きゅう》に緊張《きんちょう》してきた。

撮影《さつえい》で緊張《きんちょう》しているのか、流星《りゅうせい》くんに会《あ》えるからドキドキしているのか、どっちかわからない緊張《きんちょう》だった。

すると後《うし》ろにだれかの気配《けはい》がして、急《きゅう》に声《こえ》がした。

「撮影《さつえい》が終《お》わったら話《はな》したいことがある」

突然《とつぜん》聞《き》かされたその声《こえ》に、びっくりしてふりむくと、流星《りゅうせい》くんが立《た》っていた。

すぐ目《め》の前《まえ》にいるから心臓《しんぞう》がどくんと鳴《な》る。

しかも、流星《りゅうせい》くん、何《なん》て言《い》った？

話《はな》したいことがあるって言《い》ったよね。


「撮影《さつえい》が終《お》わったら、ふたりで会《あ》いたい」


流星《りゅうせい》くんと目《め》があう。

ふたりで会《あ》いたいって……！

まずい、心臓《しんぞう》がドキドキして声《こえ》が出《で》ない。

「どこでだれに見《み》られているかわからない。早《はや》く答《こた》えてほしい」

流星《りゅうせい》くんの目《め》は真剣《しんけん》で、どこか優《やさ》しくて、そして……かっこよかった。

再会《さいかい》してからいろんなことがありすぎてよゆうがなかったけど、やっとわかった。

流星《りゅうせい》くんはかっこよくなった……！

「うん、わかった」

わたしは大《おお》きくうなずいた。

流星《りゅうせい》くんもうなずき、「じゃあ、おれは階段《かいだん》で行《い》くから。いっしょだとまずい」と、歩《ある》きだす。

だけど、立《た》ち止《ど》まってふりむいた。

「あんまり時間《じかん》はとれない。一応《いちおう》、スターだから」

流星《りゅうせい》くんがちょっとだけ笑《わら》った。

流星《りゅうせい》くんがわたしにじょうだんを言《い》ってくれた。

じょうだんを言《い》ってくれたの、再会《さいかい》してからはじめてだよ……！

わたしの心《こころ》は一気《いっき》に舞《ま》いあがり、幸《しあわ》せではちきれそうになったときだった。

自動《じどう》ドアが開《ひら》く音《おと》がした。

権田原《ごんだわら》さんかなと思《おも》って自動《じどう》ドアの方《ほう》を見《み》ると、まっ赤《か》な革《かわ》のコートを着《き》た女《おんな》の人《ひと》が入《はい》って来《き》た。

長《なが》い髪《かみ》はきれいに巻《ま》かれていて芸能人《げいのうじん》かな？　とわたしは立《た》ちつくす。

すると、流星《りゅうせい》くんも立《た》ちつくし、顔色《かおいろ》が変《か》わった。

「めずらしいわね。流星《りゅうせい》が共演者《きょうえんしゃ》の女《おんな》の子《こ》とおしゃべりしているなんて。そんなにのん気《き》でいいの？」

え？　この人《ひと》、だれ？

すると流星《りゅうせい》くんが言《い》った。

「おれは小学生《しょうがくせい》だけどいつだって完《かん》ぺきに仕事《しごと》はやっている。あなたにごちゃごちゃ言《い》われたくない。現場《げんば》にも来《き》てほしくない」

険悪《けんあく》な空気《くうき》が流《なが》れると、その女《おんな》の人《ひと》が言《い》いかえした。

「ちょっと売《う》れたからって、えらそうなことを言《い》っているんじゃないわよ。わたしは母親《ははおや》よ！」

今《いま》、この人《ひと》、母親《ははおや》って言《い》ったよね。

ということはもしかして……この人《ひと》が流星《りゅうせい》くんを引《ひ》きとった人《ひと》？

わたしは流星《りゅうせい》くんのお母《かあ》さんらしき人《ひと》の迫力《はくりょく》に動《うご》けずにいた。

するとお母《かあ》さんらしき人《ひと》がわたしに顔《かお》を向《む》けた。

「あなた、映画《えいが》で流星《りゅうせい》と共演《きょうえん》した女《おんな》の子《こ》よね。今日《きょう》もいっしょらしいわね。わたしは流星《りゅうせい》の母親《ははおや》の天川《あまかわ》です。じゃまだからどこかに行《い》ってくれない？」

やっぱり、流星《りゅうせい》くんのお母《かあ》さんだ！

だけど、ずいぶん傲慢《ごうまん》じゃない？

「さっさとメイクルームに行《い》ったほうがいいんじゃないか？」

流星《りゅうせい》くんもわたしにそう言《い》ってきた。

流星《りゅうせい》くん、わたしにここにいられると困《こま》るのかもしれない……。

「あ、じゃあ、メイクルームに行《い》ってまーす」

そう言《い》ってエレベーターではなく階段《かいだん》を使《つか》った。

階段《かいだん》を上《のぼ》るふりをして、踊《おど》り場《ば》から聞《き》き耳《みみ》を立《た》てる。

だって、流星《りゅうせい》くんのお母《かあ》さんがすごく気《き》になる。

流星《りゅうせい》くんのお母《かあ》さんの声《こえ》が聞《き》こえてきた。

「流星《りゅうせい》、今日《きょう》のCM《シーエム》の仕事《しごと》は重要《じゅうよう》よ。CM《シーエム》はギャラがいいし、ペップみたいな大手企業《おおてきぎょう》と仲《なか》よくしておけば仕事《しごと》は広《ひろ》がるわ。だからこそ今日《きょう》の相手役《あいてやく》には気《き》をつけなさい」

相手役《あいてやく》ってわたしのこと……？

「『鈴木《すずき》くんは犯人《はんにん》じゃありません』で思《おも》ったけど、流星《りゅうせい》はあの子《こ》と演技《えんぎ》をするといつものカリスマ性《せい》がなくなる。今日《きょう》のCM《シーエム》ではいつもどおり自分《じぶん》を押《お》しだすのよ」

すると流星《りゅうせい》くんの声《こえ》が聞《き》こえてきた。

「映画《えいが》でのおれの演技《えんぎ》の評価《ひょうか》は高《たか》かった。それはいつもとちがって相手役《あいてやく》を頼《たよ》り、深《ふか》みが出《で》たからだ。映画《えいが》の監督《かんとく》がそう教《おし》えてくれた。客《きゃく》だってたくさん入《はい》ったし何《なん》の文句《もんく》があるんだよ」

「はじめて演技《えんぎ》した子《こ》に頼《たよ》ってどうするのよ！　あなたはずっと主役《しゅやく》を張《は》りつづけていずれは歌手《かしゅ》としても活動《かつどう》して、演技《えんぎ》と歌《うた》と両方《りょうほう》で世界進出《せかいしんしゅつ》をするの。わかっているの？」

「そこまでうまくいくかよ」

流星《りゅうせい》くんが吐《は》きすてるように言《い》った。

「いかせるのよ。いかせないとゆるさないわよ！　そのために引《ひ》きとってやったのよ！　わたしの苦労《くろう》を考《かんが》えて少《すこ》しは感謝《かんしゃ》しなさい！」

今《いま》、なんて言《い》った？

引《ひ》きとってやったのよ……？

もし、わたしがそんなことを多摩子《たまこ》さんに言《い》われたらたえられない。

ひどすぎる……！

わたしは階段《かいだん》を下《お》りだした！

何《なに》を言《い》っていいのかわからないけれど、何《なに》か言《い》いかえさないと気《き》がすまない！

ところが……！

「お母《かあ》さま。現場《げんば》にまで来《こ》られなくても。流星《りゅうせい》くんはいつでも完《かん》ぺきに仕事《しごと》をしてくれますよ」

神月《かんづき》さんの声《こえ》が聞《き》こえてわたしの足《あし》のいきおいは止《と》まった。

階段《かいだん》をゆっくりと下《お》りて少《すこ》しだけ顔《かお》を出《だ》し、様子《ようす》をうかがう。

神月《かんづき》さんが流星《りゅうせい》くんのお母《かあ》さんをなだめながら、いっしょにビルから出《で》ていった。

月菜《つきな》さんもいて、流星《りゅうせい》くんの背中《せなか》を押《お》しながらエレベーターに乗《の》ろうとしている。

流星《りゅうせい》くんを引《ひ》きとった人《ひと》ってあんなにひどい人《ひと》だったの？

わたしはこのことをどう受《う》けとめていいかわからず、動揺《どうよう》しながら3階《かい》まで階段《かいだん》を上《のぼ》った。

3階《かい》に着《つ》くとF《エフ》スタジオと、メイクルームを探《さが》す。

ここはE《イー》スタジオだ、F《エフ》スタジオはどこ？

「結《ゆい》さん！」

動揺《どうよう》していると廊下《ろうか》になつかしい子《こ》が立《た》っていた。

『鈴木《すずき》くんは犯人《はんにん》じゃありません』でクラスメイト役《やく》だった加山《かやま》くんだ！

「あ……！　加山《かやま》くん、どうしてここに？　今日《きょう》はメガネをかけていないね」

加山《かやま》くんはかっこいいんだけど、印象《いんしょう》づけるためによくメガネをかけているんだ。

「ぼくはE《イー》スタジオで撮影《さつえい》。警視庁《けいしちょう》のプロモーション映像《えいぞう》で、道《みち》で倒《たお》れた人《ひと》を見《み》かけたらどうするかって内容《ないよう》」

「加山《かやま》くんが助《たす》けるの？　似合《にあ》ってるね！」

「あはは。結《ゆい》さんはF《エフ》スタジオでペップのCM《シーエム》撮影《さつえい》でしょ？　ぼくが入《はい》っている劇団《げきだん》でも結《ゆい》さんがペップのCM《シーエム》オーディションに合格《ごうかく》したことは話題《わだい》になっているよ。今日《きょう》、ここに来《き》てとなりのスタジオでペップCM《シーエム》の撮影《さつえい》をやってるって知《し》って、結《ゆい》さんに会《あ》えるかもってワクワクしていた」

加山《かやま》くんはそこまで話《はな》すと突然《とつぜん》、表情《ひょうじょう》が変《か》わった。

「結《ゆい》さん、これを逃《のが》すともう会《あ》えないかもしれないので連絡先《れんらくさき》を交換《こうかん》しませんか？」

加山《かやま》くんが大真面目《おおまじめ》な顔《かお》でスマホをポケットから出《だ》してきた。

「え？　わたし、スマホは持《も》ってないんだ。ごめん」

加山《かやま》くんはいっしゅん、まっ青《さお》な顔《かお》をしていたけど、すぐにポケットからペンを出《だ》して、メモの切《き》れはしに自分《じぶん》の携帯電話《けいたいでんわ》の番号《ばんごう》を書《か》いてわたしてくれた。

「こ、これを受《う》けとって。あと結《ゆい》さんの連絡先《れんらくさき》も教《おし》えてくれないかな」

「あ、うん」

わたしが加山《かやま》くんのメモに自分《じぶん》の連絡先《れんらくさき》を書《か》くと「結《ゆい》ちゃん、どこに行《い》った？」って権《ごん》田原《だわら》さんがきょろきょろと向《む》こうから歩《ある》いてきた。

「加山《かやま》くん、ごめん。わたし、行《い》かないと！」

「了解《りょうかい》、じゃあ！」

加山《かやま》くんはE《イー》スタジオに入《はい》っていき、わたしは権田原《ごんだわら》さんのほうに走《はし》りよった。

「権田原《ごんだわら》さん、すみません。はじめての場所《ばしょ》で迷《まよ》っちゃって」

「ぼくもいっしょにいればよかったね」

権田原《ごんだわら》さんに連《つ》れられてメイクルームに向《む》かった。

これから撮影《さつえい》が始《はじ》まる。

流星《りゅうせい》くんのお母《かあ》さんのことがすごく気《き》になるけど、一度頭《いちどあたま》から切《き》りはなそう。

だって、流星《りゅうせい》くんが応援《おうえん》してくれたからわたしは相手役《あいてやく》になれたんだもん！

流星《りゅうせい》くんの気持《きも》ちに応《こた》えるためにも撮影《さつえい》に集中《しゅうちゅう》しよう！

12. ふたりで金魚《きんぎょ》すくい

今回《こんかい》の撮影《さつえい》は流星《りゅうせい》くんとわたしのいろんなパターンのデートシーンを撮《と》るから、衣装替《いしょうが》えが多《おお》いことは聞《き》いていたけど、一番《いちばん》はじめの衣装《いしょう》がまさかこれだとは……！

はずかしくて、メイクルームから出《で》たくないんだけど！

「結《ゆい》ちゃん、すごく似合《にあ》ってるよ。さあ、行《い》こう！」

権田原《ごんだわら》さんに背中《せなか》を押《お》されて、Ｆ《エフ》スタジオに入《はい》った。

「似合《にあ》いますね」

審査員《しんさいん》のひとりでもあったメガネをかけた監督《かんとく》さんがわたしに声《こえ》をかけてくれた。

似合《にあ》うのかなあ……？

「それでは、これをもってふってみてください」

監督《かんとく》にラケットをわたされた。

わたしが今《いま》、着《き》ているのは人生初《じんせいはつ》のテニスウェア！

テニスなんてやったこともないのに！

だけど、仕事《しごと》だもんね！　やるしかないよね！

わたしはラケットをにぎって思《おも》いきりふってみた。

すると、監督《かんとく》と権田原《ごんだわら》さんがぷっとふきだす。

何《なに》？　わたしの何《なに》がおかしいの？

「テニスじゃなくてハエたたきだな」

そう言《い》ってテニスウェアを着《き》ている流星《りゅうせい》くんがスタジオに入《はい》ってきた！

お母《かあ》さんにあんなひどいことを言《い》われたのに、いつもどおり、スター天川流星《あまかわりゅうせい》として輝《かがや》いている。

自分《じぶん》でも言《い》っていたとおり、流星《りゅうせい》くんは何《なに》があっても完《かん》ぺきに仕事《しごと》をするんだね。

わたしも相手役《あいてやく》として監督《かんとく》に求《もと》められていることをしっかり演《えん》じないと！

だけど、ハエたたきってひどくない!?

「テニスをしたことがないのね」

月菜《つきな》さんも冷《つめ》たい視線《しせん》を送《おく》ってくる。

ほとんどの小学生《しょうがくせい》はテニスなんてしたことがないと思《おも》います！

すると流星《りゅうせい》くんがそばに来《き》た。

「腕《うで》だけだから、ハエたたき。腰《こし》から動《うご》かす」

流星《りゅうせい》くんが見本《みほん》を見《み》せてくれた。

そっか、全身《ぜんしん》が使《つか》えていなかったんだ！

わたしは流星《りゅうせい》くんの真似《まね》をしてふってみた。

あれ、これって、流星《りゅうせい》くんが教《おし》えてくれたってこと？

映画《えいが》の撮影《さつえい》のときだったら考《かんが》えられなかったことだ……！

「結《ゆい》さん、その動《うご》きでＯＫ《オーケー》！　そうだ。ふたりでラケットをふる映像《えいぞう》だけでなく、流星《りゅうせい》くんが教《おし》えてあげてもいいですね。ふたりともスクリーンの前《まえ》に立《た》ってください」

監督《かんとく》の指示《しじ》どおりにわたしと流星《りゅうせい》くんは移動《いどう》する。

このＣＭ《シーエム》撮影《さつえい》はスタジオの中《なか》でわたしと流星《りゅうせい》くんの動《うご》きを撮影《さつえい》して、背景《はいけい》は後《あと》からＣＧ《シージー》

やアニメで入《い》れていくんだって。

だからバックは常《つね》に無地《むじ》のスクリーン。

「流星《りゅうせい》くん、結《ゆい》さんにテニスを教《おし》える動《うご》きをやってみてください」

監督《かんとく》に言《い》われると流星《りゅうせい》くんはわたしの後《うし》ろに立《た》った。

わたしがラケットをにぎる手《て》に流星《りゅうせい》くんは自分《じぶん》の手《て》を重《かさ》ねた。

その瞬間《しゅんかん》、どきんと心臓《しんぞう》が鳴《な》った。

流星《りゅうせい》くんはわたしの手《て》に、自分《じぶん》の手《て》を重《かさ》ねたまま後《うし》ろや前《まえ》に動《うご》かしていく。

ちょっと待《ま》ってよ！

これをずっとやるの？

心臓《しんぞう》の音《おと》が止《と》まらないよ。

お願《ねが》いだからわたしの心臓《しんぞう》の音《おと》、流星《りゅうせい》くんに聞《き》こえないで！

まさか、スタッフの人《ひと》たちに聞《き》こえていたりしないよね？

映画《えいが》の撮影《さつえい》は海《うみ》で流星《りゅうせい》くんを助《たす》けたり、命《いのち》がけで大変《たいへん》だったけど、大変《たいへん》なぶん、わたしの気持《きも》ちがばれるんじゃないかってヒヤヒヤすることはなかった。

これだったら、命《いのち》がけのほうがまだいいかも！

「結《ゆい》さん、そのはずかしそうな演技《えんぎ》、とてもいいですよ。よし、撮影《さつえい》はじめ！」

監督《かんとく》の声《こえ》でカメラが回《まわ》りだした。

よかった、はずかしそうな演技《えんぎ》だと思《おも》われている！

わたしが流星《りゅうせい》くんを好《す》きだってことはスタッフさんたちにはばれていない！

流星《りゅうせい》くんに手《て》をにぎられながらラケットをふりつづけていると、自分《じぶん》の心《こころ》も右《みぎ》に左《ひだり》にゆれているみたいだった。

ドキドキしてはずかしいのにずっとつづけばいいって思《おも》っている自分《じぶん》もいた。

「カット、OK《オーケー》！　準備運動《じゅんびうんどう》をしている映像《えいぞう》も録《と》っておきたいですね。流星《りゅうせい》くんと結《ゆい》さんは背中《せなか》あわせになって腕《うで》を組《く》んでください。そして、流星《りゅうせい》くんが体《からだ》をかがめて結《ゆい》さんを持《も》ちあげます」

監督《かんとく》が近《ちか》くのスタッフを使《つか》って説明《せつめい》してくれる。

この動《うご》き、体育《たいいく》の授業《じゅぎょう》でやったことがある！

流星《りゅうせい》くんは「じゃあ、そういうことで」とわたしと背中《せなか》あわせになってひじとひじをか

集英社みらい文庫

2025年《ねん》5月《がつ》23日《にち》(金《きん》) 情報《じょうほう》さきどり!

2作品《さくひん》をチェック! 発売予定《はつばいよてい》の新刊《しんかん》

笑《わら》えてきゅんとする♥

男《だん》女《じょ》ふたごのいれかわり×ドタバタラブコメディ♪

ふたごの兄《あに》がカオスすぎる!

初《はつ》デートは大《おお》さわぎ!?

遠山彼方・作　涼・絵

きょうだいにあこがれる出雲《いずも》美月《みづき》の前《まえ》に、生《い》き別《わか》れになったふたごが登場《とうじょう》! おしゃれでかわいい「柚月《ゆづき》お姉《ねえ》ちゃん」と一緒《いっしょ》に暮《く》らすことになってワクワク…って、えっ!? お姉《ねえ》ちゃんじゃなくて「柚月《ゆづき》お兄《にい》ちゃん」!? お兄《にい》ちゃんのシスコンっぷりはどんどん暴走《ぼうそう》! 美月《みづき》が片思《かたおも》いする天草都《あまくさみやこ》くんとの初《はつ》デートに、美月《みづき》のふりして行《い》っちゃって!?

裏面《うらめん》もみてね!

ヴァンパイアと大《だい》ピンチのニューイヤー!!?

絶好調《ぜっこうちょう》★シリーズ第《だい》12弾《だん》!

霧島《きりしま》くんは普通《ふつう》じゃない

シリーズ累計《るいけい》55万部《まんぶ》突破《とっぱ》!

麻井深雪・作　ミユキルリア・絵

● 770円

〜ヴァンパイア王子《おうじ》に狙《ねら》われて!? 恐怖《きょうふ》のニューイヤー!〜

セイたちと過《す》ごす冬休《ふゆやす》みが楽《たの》しみな美羽《みう》。だけど、キラの兄《あに》のハイドに魔界《まかい》にさらわれてしまい…!? 美羽《みう》を追《お》って、カイトも魔界《まかい》に向《む》かうけど…!?

速報《そくほう》!!!! りぼん本誌《ほんし》にてまんが

る!』を大特集《だいとくしゅう》! 人気番組《にんきばんぐみ》
ェア情報《じょうほう》もチェックニャ〜★

集英社 みらい文庫 春《はる》読《どく》フェア 2025

春《はる》フェアのおしらせ

春読《はるどく》マークのオビについた応募券《おうぼけん》で、図書《としょ》カードがゲットできるなんてうれしいニャ〜★

『霧島《きりしま》くんは普通《ふつう》じゃない』オリジナル図書《としょ》カード2,000円分《えんぶん》を200名《めい》にプレゼント!

2025年春読《ねんはるどく》フェアマーク入《い》りのオビについている応募券《おうぼけん》1枚《まい》で応募《おうぼ》できる!

しめきり
2025年《ねん》
5月《がつ》31日《にち》(土《ど》)
当日消印有効

※くわしい応募方法は「春読」マークのついたみらい文庫のオビを見てね。

みらい文庫《ぶんこ》ちゃんねる

YouTube《ユーチューブ》をいますぐチェック!

ここだけでしか見《み》られないキュン動画《どうが》がたくさん♡

好きなひとの好きなひと。

LINE《ライン》お友《とも》だち募集中《ぼしゅうちゅう》!

登録《とうろく》はコチラから!

LINE《ライン》のお友《とも》だちだけが見《み》られる特別《とくべつ》なイラストがあるよ!

流れ星の約束

みらい文庫《ぶんこ》 TikTo

みらい文庫《ぶんこ》
TikTok《ティックトック》で
ショート動画《どうが》を
信中《しんちゅう》ニャ!

チェック!

霧島くんは普通じゃない

みら
サキドリ
大特集《だいとくしゅう》1
ページをひらけば、と
※タイトル・内容は一部変更になる場合があります。
2025年《ねん》
5月《がつ》23日《にち》(金《きん》)発売予定《はつばいよてい》!
ちょっと
お兄《にい》ちゃん、
わたしの
恋《こい》のジャマ
しないでーっ!!
ちょっぴり内気《うちき》なふたごの妹《いもうと》
出雲美月《いずもみづき》
天草都《あまくさみやこ》
クールだけどとってもやさしい。美月《みづき》がひっそり片思《かたおも》い中《ちゅう》♡
松本聖羅《まつもとせいら》
明《あか》るくて美人《びじん》なクラスの中心人物《ちゅうしんじんぶつ》。都《みやこ》に熱烈《ねつれつ》アピール!?
長崎《ながさき》
美月《みづき》と
インドア
仲《なか》よく
思《おも》ってい

らめてきた。

背中《せなか》とひじが熱《あつ》い。

これだけで、また心臓《しんぞう》がおかしくなりそう。

「せーの」

流星《りゅうせい》くんが背中《せなか》でわたしを思《おも》いきり押《お》しあげた！

「キャー」

思《おも》わずはしゃいでいる声《こえ》が出《で》てしまった。

そのまま足《あし》から着地《ちゃくち》。

はずかしいけど、楽《たの》しくもなってきた！

「結《ゆい》さん、いい笑顔《えがお》です。流星《りゅうせい》くん、もう一度《いちど》」

わたしはもう一度《いちど》、流星《りゅうせい》くんに背中《せなか》で持《も》ちあげられた。

そしてまた着地《ちゃくち》する。

みんなが見《み》ているのに、笑《わら》いが止《と》まらなくなってきちゃった！

「カット、OK《オーケー》！」

監督《かんとく》の声《こえ》で流星《りゅうせい》くんとからまっていたひじがとかれた。

「楽《たの》しかったー！」

思《おも》わずむじゃきに流星《りゅうせい》くんに言《い》ってしまった。

「こっちは重《おも》くて死《し》ぬかと思《おも》った」

グサッ！

流星《りゅうせい》くんのクールな物言《ものい》いが胸《むね》に刺《さ》さった。

わたしと会《あ》う約束《やくそく》をしてくれても、芸能関係者《げいのうかんけいしゃ》がいるときはずっといじわるな天川流星《あまかわりゅうせい》でいつづけるんだね……。

でも、映画《えいが》の撮影《さつえい》のときとはちがって、いじわるな言《い》い方《かた》の中《なか》にユーモアがまじっている。

上《うえ》から目線《めせん》ではなく、対等《たいとう》に友《とも》だちをからかっているみたいな口調《くちょう》だ。

流星《りゅうせい》くん、再会《さいかい》したばかりのころとはだいぶ変《か》わったよね。

かなり、わたしに気《き》をゆるしはじめてくれている……。

だとしても人前《ひとまえ》では今《いま》までの天川流星《あまかわりゅうせい》はくずせないってことなんだろうね。

そして流星《りゅうせい》くんはあんなひどいお母《かあ》さんに引《ひ》きとられていた……。

このことは、撮影中《さつえいちゅう》は考《かんが》えちゃダメ！


テニスウェアの次《つぎ》は浴衣《ゆかた》だった。

髪型《かみがた》やメイクにかなり時間《じかん》がかかった。

ふう、じっと座《すわ》って髪《かみ》や顔《かお》をいじられるっていうのもつかれるね。

Ｆ《エフ》スタジオにもどると、スクリーンの前《まえ》には大《おお》きなたらいが用意《ようい》されその中《なか》には金魚《きんぎょ》が入《はい》っていた。

「結《ゆい》ちゃん、浴衣似合《ゆかたにあ》うね！　時代劇《じだいげき》もいけるかな」

権田原《ごんだわら》さんがいきなりスマホで写真《しゃしん》を撮《と》ってきた。

テニスウェアははずかしくてたまらないだけだったけど、浴衣《ゆかた》だと多摩子《たまこ》さんに着《き》せてもらったことがあるから少《すこ》しはおちつく。

そして、いつもとちがって女《おんな》の子《こ》らしい気持《きも》ちになるから、流星《りゅうせい》くんにどう見《み》られるかも気《き》になってくる。

流星《りゅうせい》くんも浴衣《ゆかた》を着《き》て金魚《きんぎょ》をながめていた。

流星《りゅうせい》くん、何《なに》を着《き》ても、何《なに》をしていても絵《え》になる。

近《ちか》くによると、流星《りゅうせい》くんが浴衣《ゆかた》を着《き》ているわたしに気《き》がついてくれた。

すると、ふっと笑《わら》った。


「おれより時間《じかん》をかけてその程度《ていど》か」


くううううううう！

流星《りゅうせい》くん、どうしてそんなふうになっちゃったの！

くやしくて思《おも》わず心《こころ》にもないことを言《い》いかえしてしまった。

「このCM《シーエム》を観《み》てくれる人《ひと》にかわいいと思《おも》われることが必要《ひつよう》なんです。天川流星《あまかわりゅうせい》さんにどう思《おも》われてもかまいません」

「へえ。立派《りっぱ》になったな、大沢結《おおさわゆい》さん。ただし、内《うち》またで歩《ある》いたほうがいいぞ」

ふと、下《した》を見《み》るとすそが乱《みだ》れていた。

歩《ある》き方《かた》がガサツだった！

メイクさんが笑《わら》いながら直《なお》してくれる。

流星《りゅうせい》くんはそんなわたしを見《み》ながら、いじわるだけどちょっとだけ優《やさ》しい目《め》をしてくれた。

その目《め》にドキドキしていると、監督《かんとく》がわたしたちのそばにやって来《き》た。

「流星《りゅうせい》くんはさっきのテニスのシーンみたいに、結《ゆい》さんに金魚《きんぎょ》すくいを教《おし》えてあげるという設定《せってい》で演技《えんぎ》してみてください」

監督《かんとく》の指示《しじ》どおり金魚《きんぎょ》が入《はい》っているプールの前《まえ》にしゃがみこむ。

流星《りゅうせい》くんもわたしを包《つつ》みこむようにしゃがんできた。

ちなみに、金魚《きんぎょ》をすくう道具《どうぐ》はポイって言《い》う。

多摩子《たまこ》さんが夏祭《なつまつ》りで倫太郎《りんたろう》とわたしに教《おし》えてくれた。

わたしがポイを持《も》ち、流星《りゅうせい》くんが手《て》をそえてくる。

テニスのときよりも顔《かお》の距離《きょり》が近《ちか》い。

流星《りゅうせい》くんの息《いき》づかいが聞《き》こえてきそう。

流星《りゅうせい》くんはポイを持《も》っているわたしの手《て》を取《と》り、金魚《きんぎょ》を捕《つか》まえようとしたけど……！

ビリッ！

紙《かみ》が破《やぶ》れてしまった。

「力《ちから》が入《はい》りすぎているかも」

わたしは小《ちい》さな声《こえ》で流星《りゅうせい》くんに言《い》ってみた。

すると流星《りゅうせい》くんが「へえ」って目《め》をして、いきなり立《た》ちあがった。

「監督《かんとく》。どうやら彼女《かのじょ》のほうが金魚《きんぎょ》すくいは上手《じょうず》なようです」

「それでは逆《ぎゃく》に、結《ゆい》さんが流星《りゅうせい》くんに教《おし》える形《かたち》で演技《えんぎ》をしてみてください」

ええええええ！

この監督《かんとく》さん、映画《えいが》のときのチャラ監督《かんとく》とぜんぜんちがって真面目《まじめ》でていねいだけど、無茶《むちゃ》ブリしてくるっていうのは同《おな》じだよ！

流星《りゅうせい》くんがしゃがみなおしたので、わたしはそのとなりにしゃがんだ。

流星《りゅうせい》くんがポイを持《も》つ。

その手《て》をにぎらないといけないけど、心臓《しんぞう》がドキドキしちゃって、にぎるのが怖《こわ》い。

手《て》がふるえる。

すると、流星《りゅうせい》くんがわたしの耳元《みみもと》でささやいた。

「結《ゆい》らしくないぞ。しっかりにぎれ」

それは天川流星《あまかわりゅうせい》としてではなく、同《おな》じ施設《しせつ》で過《す》ごした安藤流星《あんどうりゅうせい》くんとしてわたしをはげましてくれているようだった。

胸《むね》の奥《おく》が熱《あつ》くなる。

そうだ、しっかり演技《えんぎ》をしないと！

わたしは流星《りゅうせい》くんのポイをつかんでいる手《て》をにぎり、金魚《きんぎょ》をすくおうとした。

金魚《きんぎょ》すくいは力《ちから》をぬけばぬくほどいいんだよね。

ポイの上《うえ》にすーっと金魚《きんぎょ》がのってきたので、今《いま》だ!とおわんに入《い》れた。

やった！　成功《せいこう》！

流星《りゅうせい》くんがわたしを見《み》て笑《わら》ったので、わたしも笑《わら》いかえす！

「カット、OK《オーケー》！　結《ゆい》さん、お見事《みごと》！」

スタッフのみんなも拍手《はくしゅ》をしてくれた。

えへへ、ちょっと活躍《かつやく》できたかな。

「いつまでにぎっているんだよ」

流星《りゅうせい》くんの冷静《れいせい》なツッコミにわたしは我《われ》に返《かえ》った。

あわてて流星《りゅうせい》くんの手《て》から自分《じぶん》の手《て》をはなす。

流星《りゅうせい》くんがふっと笑《わら》った。

今《いま》のはどっちの流星《りゅうせい》くんなの？

もう、いじわるでわからない！

金魚《きんぎょ》すくいの次《つぎ》はふたりで立《た》って並《なら》んでわたあめを食《た》べることになった。

「結《ゆい》さん！　食《た》べさせてあげてください！」

出《で》た〜！　監督《かんとく》の無茶《むちゃ》ブリ〜！

でも、やるしかない！

わたしはわたあめをちぎって、流星《りゅうせい》くんの口《くち》の中《なか》に入《い》れてあげた。

流星《りゅうせい》くんは楽《たの》しそうに笑《わら》っている。

流星《りゅうせい》くんは大人《おとな》びていてかっこいいけど、こうやってわたあめを食《た》べさせてあげると子《こ》どもみたいで、とてもかわいらしい。

正直《しょうじき》、何度《なんど》でもできるかも！

「今度《こんど》は流星《りゅうせい》くんが食《た》べさせてあげてください」

監督《かんとく》の指示《しじ》に背中《せなか》から倒《たお》れそうになる！

だけど、流星《りゅうせい》くんは笑顔《えがお》のままわたあめをちぎり、わたしの口《くち》に入《い》れた。

ふわふわして甘《あま》い。

わたあめがふわふわして甘《あま》いのは当《あ》たり前《まえ》だけど、流星《りゅうせい》くんの手《て》から口《くち》に入《はい》ると、わたしの心《こころ》までふわふわして甘《あま》くなってくる……！

わたしはだんだん、撮影《さつえい》だってことを忘《わす》れはじめていた。

13. 桜《さくら》の木《き》の下《した》で……！

浴衣《ゆかた》の次《つぎ》は制服《せいふく》だった。

よく考《かんが》えたら、わたしも来年《らいねん》は中学《ちゅうがく》1年生《ねんせい》になるから制服《せいふく》を着《き》るんだよね。

ブレザーをはおってF《エフ》スタジオにむかう。

流星《りゅうせい》くんはもうスクリーンの前《まえ》でスタンバイしていた。

流星《りゅうせい》くんと同《おな》じ制服《せいふく》で同《おな》じ学校《がっこう》に通《かよ》えたらとてもすてきだろうな。

なんて甘《あま》い想像《そうぞう》をしているひまもなく、監督《かんとく》から指示《しじ》が出《で》た。

「実際《じっさい》は背景《はいけい》に桜《さくら》の木《き》を入《い》れます。桜《さくら》の木《き》を想像《そうぞう》して、ふたりで何《なに》かしゃべってみてください。スタート」

ええ、何《なに》をしゃべればいいの？

わたしがあたふたしていると流星《りゅうせい》くんが聞《き》いてきた。

「結《ゆい》は部活《ぶかつ》どうするんだよ？」

このしゃべり方《かた》って、芸能人《げいのうじん》、天川流星《あまかわりゅうせい》としてしゃべっているのか、安藤流星《あんどうりゅうせい》くんとして話《はな》しかけてきてるのか、どっちかわからない。

わからないまま反応《はんのう》してしまった。

「まだ、考《かんが》えてない。流星《りゅうせい》くんは？」

「おれは結《ゆい》と同《おな》じがいいかな」

「え……！」

それって本気《ほんき》で言《い》ってるの？

わたしがドキドキして答《こた》えられないでいると……！

「結《ゆい》はどう？」

と、流星《りゅうせい》くんはわたしの顔《かお》をのぞきこんできた。

心臓《しんぞう》の鼓動《こどう》がどんどん速《はや》くなる。

「わ、わたしも……流星《りゅうせい》くんといっしょがいいかな」

流星《りゅうせい》くんの目《め》を見《み》ながらそう口《くち》にしてしまった。
本当《ほんとう》に流星《りゅうせい》くんと同《おな》じ中学《ちゅうがく》に行《い》けたらどんなに幸《しあわ》せだろう。
なんて想《おも》いにひたっていると……！
「カット、ＯＫ《オーケー》！　青春《せいしゅん》の１ページですね。すごくいいです」
監督《かんとく》はにっこりと満足《まんぞく》そうに微笑《ほほえ》んでいた。
撮影《さつえい》だってことを忘《わす》れていた。
流星《りゅうせい》くんが顔《かお》を近《ちか》づけてきたよいんが残《のこ》っていて、まだ心臓《しんぞう》が高鳴《たかな》っている。
なのに、とんでもない指示《しじ》が飛《と》んできた！

「それでは次《つぎ》は顔《かお》を近《ちか》づけておでこをくっつけてください」

監督《かんとく》の指示《しじ》を聞《き》いて、いっしゅん、体《からだ》が固《かた》まった。
何《なん》ですか……それ？
チェリーサイダーのＣＭ《シーエム》にそれは必要《ひつよう》な演技《えんぎ》なの〜!?

「結《ゆい》ちゃん、こっち向《む》いて」

メイクさんがやってきて、わたしのくちびるにさくらんぼ色《いろ》のグロスをぬってくれた。

チェリーサイダーだから、さくらんぼ色《いろ》ってことだ！

やっぱり必要《ひつよう》な演技《えんぎ》なのかもしれない！

「監督《かんとく》、いつでもOK《オーケー》です」

流星《りゅうせい》くんがポケットに両手《りょうて》をつっこんで「はいはい、お仕事《しごと》ですね」といった表情《ひょうじょう》でわたしの正面《しょうめん》に立《た》った。

流星《りゅうせい》くんははずかしくないの？

それとも、わたしのことなんて何《なん》とも思《おも》ってないってことかな……。

だとしたら、悲《かな》しい……。

「ふたりとも、向《む》かいあってください」

監督《かんとく》の声《こえ》でわたしたちは向《む》かいあう。

流星《りゅうせい》くんが優《やさ》しく笑《わら》いかけてくる。

胸《むね》がどきんと高鳴《たかな》ったけど、これは流星《りゅうせい》くんの演技《えんぎ》だもんね。

「スタート」
流星《りゅうせい》くんはわざとポケットに両手《りょうて》をつっこんだままわたしに顔《かお》を近《ちか》づけてきた。
わたしも背伸《せの》びをする。
少《すこ》しずつ、顔《かお》が近《ちか》づいていく。
どこまで近《ちか》づければいいの？
ふとヘンなことを考《かんが》えてしまった。
おでこだけだよね。
まさか、それ以上《いじょう》ってことはないよね……！
すると流星《りゅうせい》くんが自分《じぶん》のおでこをわたしのおでこにつけた。
熱《あつ》い……！
風邪《かぜ》で高熱《こうねつ》を出《だ》したときよりも熱《あつ》い！
だけど、風邪《かぜ》とちがってこの熱《あつ》さはわたしと流星《りゅうせい》くん、ふたりで作《つく》っている。
ふたりの熱《あつ》さ。
まるで世界《せかい》にわたしと流星《りゅうせい》くんしかいないみたい……！

その熱《あつ》さを感《かん》じていると、自然《しぜん》と目《め》をつぶってしまった。

ずっと会《あ》いたかった流星《りゅうせい》くん、今《いま》、こんなにもすぐそばにいるんだ……！

「カット、OK《オーケー》！　目《め》を閉《と》じたのはとてもよかったですよ」

監督《かんとく》の声《こえ》に目《め》を開《あ》けると、流星《りゅうせい》くんの顔《かお》がすぐ目《め》の前《まえ》にあった。

「キャー」

思《おも》わず大声《おおごえ》を出《だ》して突《つ》きとばしてしまった。

スタッフのみんなが、どっと笑《わら》った。

「こっちだって好《す》きでやってるわけじゃない」

流星《りゅうせい》くんがクールに言《い》いはなった。

まずい、反射的《はんしゃてき》とはいえ悪《わる》いことをしちゃった！

月菜《つきな》さんがやって来《き》て「あなた、失礼《しつれい》じゃない！　何様《なにさま》よ」とわたしに怒《おこ》った。

「すみません……」

流星《りゅうせい》くんと月菜《つきな》さんにあやまったけど、流星《りゅうせい》くんは背《せ》を向《む》けたままこっちを見《み》てくれなかった。

それは天川流星《あまかわりゅうせい》として怒《おこ》っているの？

それとも、安藤流星《あんどうりゅうせい》くんとして、本当《ほんとう》に怒《おこ》っているの？

まさか、会《あ》う約束《やくそく》はなしとかにならないよね？


最後《さいご》はテーブルで向《む》かいあってチェリーサイダーを飲《の》むシーンを撮《と》った。

これで撮影《さつえい》は終了《しゅうりょう》！

スタッフのみんなが「おつかれさま」と椅子《いす》に座《すわ》っているわたしと流星《りゅうせい》くんに拍手《はくしゅ》をしてくれた。

「あ、ありがとうございます」

わたしがあわてて立《た》ちあがって会釈《えしゃく》をすると流星《りゅうせい》くんは座《すわ》ったまま静《しず》かに微笑《ほほえ》んでいた。

映画《えいが》の撮影《さつえい》のときははじめてのことばかりでわからないことだらけだった。

ずっとドタバタしながら流星《りゅうせい》くんにふりまわされていた。

だけど、このCM《シーエム》は流星《りゅうせい》くんとふたりで演技《えんぎ》したって感触《かんしょく》がある。

監督《かんとく》やスタッフさんたちに囲《かこ》まれながらふたりでがんばったって充実感《じゅうじつかん》がある。

それはきっと、流星《りゅうせい》くんが映画《えいが》のときとはちがってわたしに心《こころ》を開《ひら》いてくれたからじゃないかな？

撮影《さつえい》が終《お》わったら会《あ》うことになっているけど、いつ、どこで会《あ》うんだろう？

ドキドキしていると権田原《ごんだわら》さんが「結《ゆい》ちゃん。個別《こべつ》にあいさつに行《い》こう」とわたしの手《て》をひっぱった。

照明《しょうめい》や監督《かんとく》さんいろいろな人《ひと》に「ありがとうございました」とあいさつをしていく。

ペップのえらい人《ひと》も来《き》ていて、権田原《ごんだわら》さんといっしょに深《ふか》く頭《あたま》を下《さ》げた。

そしてF《エフ》スタジオを出《で》ることになってしまった。

あれ、流星《りゅうせい》くんがいない？

ええ、どうするの？

よく考《かんが》えたらわたしと流星《りゅうせい》くんっておたがいの連絡先《れんらくさき》を知《し》らないし、これからどうなっちゃうの？

「結《ゆい》ちゃん、着《き》がえよう」

権田原《ごんだわら》さんと廊下《ろうか》に出《で》てメイクルームに向《む》かう。

わたしは不安《ふあん》で泣《な》きそうになってきた。
すると、流星《りゅうせい》くんが廊下《ろうか》の向《む》こうから月菜《つきな》さんと歩《ある》いてきた。
「天川流星《あまかわりゅうせい》さん、おつかれさまでした」
権田原《ごんだわら》さんが頭《あたま》を下《さ》げたのでわたしも下《さ》げる。
流星《りゅうせい》くん、話《はなし》があるんでしょ？
どうするの？
それとも、あれは無《な》しってこと？
流星《りゅうせい》くんは無言《むごん》で月菜《つきな》さんだけが「おつかれさまでした」と言《い》ってくれた。
そして、すれちがったとき。
流星《りゅうせい》くんがわたしのポケットに何《なに》かを入《い》れてくれた……！

14 本当《ほんとう》の流星《りゅうせい》くん

CM《シーエム》撮影《さつえい》から2週間《しゅうかん》が経《た》った。
流星《りゅうせい》くんが別《わか》れ際《ぎわ》にわたしのポケットに入《い》れてくれたのはメモだった。

『○月《がつ》○日《にち》、夕方《ゆうがた》4時《じ》。
春田橋駅《はるだばしえき》　城野神社《しろのじんじゃ》に来《き》てほしい』

会《あ》える日《ひ》と、場所《ばしょ》、手書《てが》きの地図《ちず》が描《か》かれてあったんだ。
流星《りゅうせい》くんは2年生《ねんせい》のころから字《じ》がきれいだったけど、もっと達筆《たっぴつ》になっていた。

流星《りゅうせい》くんの字《じ》と絵《え》がなつかしくてわたしは一晩中《ひとばんじゅう》見《み》つめていた。

そして、今日《きょう》が会《あ》う日《ひ》……！

待《ま》ちあわせは夕方《ゆうがた》なんだけど、多摩子《たまこ》さんには学校《がっこう》の友《とも》だちと遊《あそ》ぶって家《いえ》を出《で》た。

みんな塾《じゅく》で忙《いそが》しいから夕方《ゆうがた》しか遊《あそ》べないって苦《くる》しいウソをついてしまった。

多摩子《たまこ》さん、ごめんなさい！

どうしても流星《りゅうせい》くんに会《あ》っていろんなこと聞《き》きたい！

特《とく》にお母《かあ》さんのことが気《き》になる……！

流星《りゅうせい》くんが指定《してい》した場所《ばしょ》は、わたしの家《いえ》の最寄《もよ》り駅《えき》から五《いつ》つぐらい先《さき》の駅《えき》にある神社《じんじゃ》だった。

わかりにくい場所《ばしょ》にある神社《じんじゃ》だから地図《ちず》も描《か》かれていたみたい。

えーと、このコンビニを曲《ま》がると長《なが》い階段《かいだん》があるんだよね。

地図《ちず》どおりにあった長《なが》い階段《かいだん》を上《のぼ》りきると、古《ふる》くてだれも来《こ》ないような神社《じんじゃ》があった。

何《なん》で、こんなところで待《ま》ちあわせなんだろう？

不思議《ふしぎ》に思《おも》ったけど、だれも来《こ》ないような古《ふる》い神社《じんじゃ》のとなりを見《み》て、もしかして！と思《おも》った。

ボロボロの神社《じんじゃ》のとなりには、たぶんもうやっていない保育園《ほいくえん》があって、その敷地《しきち》にジャングルジムがあった。

わたしと流星《りゅうせい》くんがいっしょに流《なが》れ星《ぼし》を見《み》たあのジャングルジムに似《に》ている！

わたしはジャングルジムのそばに行《い》き、そっと腰《こし》かけた。

今《いま》はあかね空《ぞら》が広《ひろ》がっているけれど、あの日《ひ》は夜《よる》の空《そら》だったな。

そんなことを考《かんが》えていたら……。


「やっぱり、そこに座《すわ》っちゃうよな」


いつの間《ま》にかキャップをかぶっている流星《りゅうせい》くんが立《た》っていた。

キャップをかぶっている流星《りゅうせい》くんはかっこいいけど、クラスにいそうな男《おとこ》の子《こ》みたいでもあった。

撮影現場《さつえいげんば》で会《あ》うときのオーラや威圧感《いあつかん》がない。

安藤流星《あんどうりゅうせい》くんが芸能界《げいのうかい》に入《はい》らないでそのままふつうの小学生《しょうがくせい》をやっていたら、こんな雰《ふん》囲気《いき》だったのかもしれない。

「このジャングルジム、みどり寮《りょう》のジャングルジムに似《に》てるよね」

「おれ、ここでセリフをおぼえたりするんだ」

流星《りゅうせい》くんがわたしのとなりに座《すわ》った。

「天川流星《あまかわりゅうせい》だってばれないの？」

「ここ、だれも来《こ》ないんだよ。一度《いちど》撮影《さつえい》で使《つか》って、それ以来《いらい》おれだけが個人的《こじんてき》に使《つか》っている」

流星《りゅうせい》くんが軽《かる》く笑《わら》った。

撮影現場《さつえいげんば》の流星《りゅうせい》くんとぜんぜんちがうから、わたしたちの間《あいだ》の空気《くうき》は気楽《きらく》で温《あたた》かい。

そうか、今《いま》、わたしのとなりに座《すわ》っているのは天川流星《あまかわりゅうせい》じゃなくて安藤流星《あんどうりゅうせい》くんなんだ。

わたしと流星《りゅうせい》くんは映画《えいが》の撮影現場《さつえいげんば》で再会《さいかい》したけれど、本当《ほんとう》の再会《さいかい》は今《いま》なのかもしれない。

「この神社《じんじゃ》、結《ゆい》の家《いえ》から遠《とお》かったか？」

「そうでもなかった。流星《りゅうせい》くんの家《いえ》からは遠《とお》いの？」

聞《き》いた後《あと》で、あのお母《かあ》さんの顔《かお》がうかびだす。

「おれの家《いえ》は今《いま》、二《ふた》つある。その中間地点《ちゅうかんちてん》だな」

「二《ふた》つって？」

「結《ゆい》に見《み》られちゃった戸籍上《こせきじょう》の母親《ははおや》との家《いえ》と、ゼウスの寮《りょう》」

見《み》られちゃったってことは見《み》られたくなかったってことだ。

そして、戸籍上《こせきじょう》の母親《ははおや》って言《い》い方《かた》は、流星《りゅうせい》くんがあの人《ひと》をきらいってことだ。

質問《しつもん》したいことはたくさんあるけど、いきなり大切《たいせつ》なことは聞《き》きづらい。

「へえ、ゼウスって寮《りょう》があるんだ。すごいね！　そうだ学校《がっこう》は？　どんな小学校《しょうがっこう》に通《かよ》っているの？　私立《しりつ》？　公立《こうりつ》？」

「結《ゆい》、うるさいおばさんみたいになってるぞ」

流星《りゅうせい》くんがあきれながら笑《わら》う。

「ひどい！　だって、いろいろ気《き》になるから」

「はじめは公立《こうりつ》に通《かよ》っていたけど、私立《しりつ》に転校《てんこう》になった。だけど、あまり通《かよ》えてなくて、勉強《べんきょう》は家庭教師《かていきょうし》と月菜《つきな》が教《おし》えてくれている」

わたしは月菜《つきな》さんってワードがでてきて、心《こころ》がピクリと反応《はんのう》してしまった。

「月菜《つきな》さんも同《おな》じ学校《がっこう》とか？」

「よくわかったな」

わかるに決《き》まっているでしょ！

まずい、もやもやした気持《きも》ちが生《う》まれてしまった。

そんなことより、大切《たいせつ》なことを聞《き》かないと。

わたしは少《すこ》しずつ、自分《じぶん》が一番《いちばん》聞《き》きたいことに話《はなし》を持《も》って行《い》った。

「流星《りゅうせい》くん、どうして芸能人《げいのうじん》になったの？　自分《じぶん》でやってみたいって思《おも》ったの？　それともスカウトとか？」

流星《りゅうせい》くんが少《すこ》しだまった。

そして、口《くち》を開《ひら》く。

「おれは芸能界《げいのうかい》にも演技《えんぎ》にも興味《きょうみ》はなかった。ただ、母親《ははおや》が……あの人《ひと》が異常《いじょう》に芸能界《げいのうかい》に興味《きょうみ》があった。興味《きょうみ》を超《こ》えて執着《しゅうちゃく》だな。以前《いぜん》、自分《じぶん》も芸能界《げいのうかい》をめざしたらしいんだけど、うまくいかなくて、おれを使《つか》って夢《ゆめ》を叶《かな》えようとしている」

「流星《りゅうせい》くんを使《つか》って……？」

「ああ。おれを引《ひ》きとったのは顔《かお》が芸能界《げいのうかい》にむいていたからだって」

わたしはあのときの「引《ひ》きとってやったのよ」って声《こえ》がよみがえってきた。

それって自分《じぶん》の夢《ゆめ》を叶《かな》える道具《どうぐ》として流星《りゅうせい》くんを引《ひ》きとったってこと？

そんなことってあるの？

流星《りゅうせい》くんを何《なん》だと思《おも》っているの！

すると流星《りゅうせい》くんがつづきを話《はな》してくれた。

「引《ひ》きとられて3年生《ねんせい》になる前《まえ》の春休《はるやす》み。よくわからないままゼウスのオーディションを受《う》けることになった。オーディション前日《ぜんじつ》に『絶対《ぜったい》に合格《ごうかく》するのよ！　しないとゆるさない』ってヒステリックにさけばれたな。オーディションなんて受《う》けたこともないし、絶対《ぜったい》合格《ごうかく》って言《い》われても。だけど結果《けっか》は合格《ごうかく》だった。それからレッスンに通《かよ》いだした」

流星《りゅうせい》くんは半分《はんぶん》笑《わら》いながらしゃべっていたけど、流星《りゅうせい》くんのお母《かあ》さんの芸能界《げいのうかい》への執着《しゅうちゃく》は、どう考《かんが》えてもふつうじゃない。

「レッスンでは歌《うた》、ダンス、演技《えんぎ》の三《みっ》つを教《おそ》わるんだけど、演技《えんぎ》のはじめてのレッスンのとき、どうしていいのかぜんぜんわからなくてさ」

流星《りゅうせい》くんがわたしに顔《かお》を向《む》けた。

「おれ、結《ゆい》の真似《まね》をしたんだよ」

え……？

夕方《ゆうがた》の風《かぜ》がわたしと流星《りゅうせい》くんの髪《かみ》をなびかせた。

「わたしの真似《まね》って？」

「結《ゆい》はつらいことや、さびしいことを全部《ぜんぶ》腹《はら》の中《なか》に押《お》しこめて笑《わら》っていただろ。そんな結《ゆい》を思《おも》い出《だ》して、演技《えんぎ》ってそういうことなんじゃないかって。おれも今《いま》の自分《じぶん》を全部《ぜんぶ》隠《かく》して台本《だいほん》に書《か》いてあるとおりにしゃべったり動《うご》いたりした。それで家《いえ》に帰《かえ》ったらあの人《ひと》が、母《はは》親《おや》がこう言《い》ってきた」

わたしはごくりとつばを飲《の》みこむ。

「『副社長《ふくしゃちょう》の神月《かんづき》さんから、流星《りゅうせい》くんを演技《えんぎ》の世界《せかい》でスターにするって電話《でんわ》があったわ。流星《りゅうせい》、出《で》だしは上出来《じょうでき》よ！』そう言《い》って、あの人《ひと》はひとりで野心《やしん》に燃《も》えたぎった目《め》をしていた。そこから演技《えんぎ》の仕事《しごと》が決《き》まりだしていった」

わたしはおどろきすぎて、一度《いちど》息《いき》を吐《は》いた。

流星《りゅうせい》くんのお母《かあ》さんにもおどろくけど、わたしの真似《まね》って……？

「ねえ。それってヘンな言《い》い方《かた》だけど、流星《りゅうせい》くんの人生《じんせい》が大《おお》きく変《か》わったことに、わたしが影響《えいきょう》していたってこと？」

「そうだ、おれがスターになったのは結《ゆい》のせいだ」

流星《りゅうせい》くんはわたしの鼻《はな》を人差《ひとさ》し指《ゆび》でつついた。

流星《りゅうせい》くんはこういうところがある。

大人《おとな》びているんだけど、ときどき、むじゃきなことをする。

流星《りゅうせい》くんの笑顔《えがお》、わたしの鼻《はな》をつついてきたむじゃきさ。

みどり寮《りょう》のころに時間《じかん》が巻《ま》き戻《もど》されたみたいでとてもうれしい。

だけど、流星《りゅうせい》くんが置《お》かれている状況《じょうきょう》はあのころとはぜんぜんちがう……！

「おれ、みどり寮《りょう》では一番長《いちばんなが》くいるから大人《おとな》びたキャラだったけど、引《ひ》きとられてからは自分《じぶん》を変《か》えようとした。引《ひ》きとってくれた人《ひと》が異常《いじょう》だからせめて友《とも》だちをたくさん作《つく》らないと心《こころ》がもたないなって。だから芸能界《げいのうかい》でも学校《がっこう》でも積極的《せっきょくてき》に自分《じぶん》から声《こえ》をかけたんだ」

「流星《りゅうせい》くんが自分《じぶん》から声《こえ》をかけたら、すぐに友《とも》だちがたくさんできそうだけど」

「よくわかったな。芸能界《げいのうかい》でも学校《がっこう》でもすぐに友《とも》だちがたくさんできたよ。ゼウスの子《こ》たちとはレッスンの帰《かえ》りによく公園《こうえん》でお菓子《かし》を食《た》べた。他《ほか》の事務所《じむしょ》の子《こ》たちとは撮影現場《さつえいげんば》の休《やす》み時間《じかん》に追《お》いかけっこをしてスタッフに怒《おこ》られたな。学校《がっこう》でも運動会《うんどうかい》のリレーのアンカーに選《えら》ばれてたくさんの子《こ》に応援《おうえん》されたり、楽《たの》しかったよ」

流星《りゅうせい》くんはしみじみと笑《わら》っていた。

きっと心《こころ》の底《そこ》から楽《たの》しかったんだ。

「だけど、あっという間《ま》に芸能界《げいのうかい》の友《とも》だちとはうまくいかなくなった。ゼウスのレッスンではしょっちゅう持《も》ち物《もの》を隠《かく》されるようになった。撮影現場《さつえいげんば》では自分《じぶん》の台本《だいほん》が破《やぶ》られて捨《す》てられていたり、舞台裏《ぶたいうら》の暗《くら》がりで足《あし》をひっかけられるとかもあった。自分《じぶん》のペットボトルに泥《どろ》が入《はい》ってるとかも。はじめはびっくりしたけど、だんだんそれが当《あ》たり前《まえ》になっていった」

わたしは聞《き》いていてわけがわからなかった。

「どうして流星《りゅうせい》くんがそんなひどいことをされないといけないの？」

流星《りゅうせい》くんが視線《しせん》を下《さ》げる。

「レッスンを始《はじ》めて1年《ねん》もたたないのに、CM《シーエム》やネットドラマ、どんどんいい仕事《しごと》が決《き》まっていった。それはゼウスの神月《かんづき》さんが、だれかの決《き》まっている仕事《しごと》を強引《ごういん》にうばって、おれにあたえていたからだ。天川流星《あまかわりゅうせい》は表《おもて》ではみんなにニコニコ笑顔《えがお》で接《せっ》しながら、裏《うら》では人《ひと》の努力《どりょく》を踏《ふ》みつぶす、『黒流星《くろりゅうせい》』って呼《よ》ばれるようになっていた。そりゃ、みんな、おれにイヤがらせしたくもなるよな」

わたしは思《おも》わずジャングルジムから立《た》ちあがる。

「流星《りゅうせい》くん、何《なに》も悪《わる》くない！　みんなが本当《ほんとう》のことを知《し》らないだけじゃない！」

すると、流星《りゅうせい》くんはおちついた目《め》でわたしにこう言《い》った。

「本当《ほんとう》なんてどうでもいいんだよ。本当《ほんとう》の自分《じぶん》も、本当《ほんとう》のことも、どこかに飛《と》んで行《い》ってしまう、それが芸能界《げいのうかい》だ」

夕方《ゆうがた》の冷《つめ》たい風《かぜ》がわたしたちの間《あいだ》をふきぬけていった。

15. そばにいたい

わたしは自分《じぶん》をおちつかせて、また流星《りゅうせい》くんのとなりに座《すわ》った。

「そのころから学校《がっこう》でもみんなおれに冷《つめ》たくなりはじめた。ネットで『ヤバすぎる黒流星《くろりゅうせい》』ってタイトルの掲示板《けいじばん》があってさ。おれに仕事《しごと》をとられた子《こ》かその親《おや》が作《つく》ったんだろう。仕《し》事《ごと》をとられたことだけじゃなく、現場《げんば》ではあいさつもしないってウソも書《か》かれてあった。それを見《み》たクラスメイトが学校《がっこう》で話題《わだい》にしてだれも口《くち》をきいてくれなくなった」

聞《き》いていてたえられなくなってきた。

タイムマシンがあったら流星《りゅうせい》くんのクラスメイトに「全部《ぜんぶ》ウソだから」って教《おし》えたい！

「ねえ、神月《かんづき》さんとお母《かあ》さんには相談《そうだん》しなかったの？」

「掲示板《けいじばん》と学校《がっこう》でのことは神月《かんづき》さんに話《はな》した。掲示板《けいじばん》は削除《さくじょ》することができて、それで学《がっ》校《こう》は神月《かんづき》さんが母親《ははおや》と話《はな》しあって月菜《つきな》と同《おな》じ私立《しりつ》の小学校《しょうがっこう》に転校《てんこう》になった。だけど、ゼウスの子《こ》たちや他《ほか》の事務所《じむしょ》の子《こ》にイヤがらせを受《う》けたことは言《い》えなかった。仲間《なかま》を売《う》るみたいな感《かん》じがして。人《ひと》が努力《どりょく》して手《て》に入《い》れた仕事《しごと》をおれがうばったのは事実《じじつ》だし」

……わかるよ、流星《りゅうせい》くん。

わたしも柚《ゆず》ちゃんのことはだれにも言《い》う気《き》はない。

それは柚《ゆず》ちゃんの努力《どりょく》を知《し》っているからで、流星《りゅうせい》くんもまったく同《おな》じだったんだね。

「だれか味方《みかた》はいなかったの？」

「ゼウスに所属《しょぞく》していたある男《おとこ》の子《こ》と仲《なか》よくなって、その子《こ》が親友《しんゆう》だったんだ。その子《こ》だけがずっとおれをかばいつづけてくれたんだけど、その子《こ》が主役《しゅやく》を演《えん》じる予定《よてい》だった舞台《ぶたい》があって……。だけど、映像《えいぞう》の世界《せかい》で注目《ちゅうもく》されだしたおれのほうが、チケットが売《う》れるからって、おれが主役《しゅやく》をやることになった……」

そう話《はな》してくれた流星《りゅうせい》くんは遠《とお》くを見《み》ていて目《め》に何《なに》も映《うつ》していなかった。

「たったひとりの親友《しんゆう》はそのことに傷《きず》ついてゼウスをやめた。最後《さいご》に事務所《じむしょ》の近《ちか》くで会《あ》ったんだけど、『**流星《りゅうせい》と仲《なか》よくすると傷《きず》つくだけだ**』って言《い》われた」

そんな言《い》い方《かた》って……。

だけどその子《こ》も傷《きず》ついたんだよね。

わたしは柚《ゆず》ちゃんを思《おも》い出《だ》す。

流星《りゅうせい》くんはこうつづけた。

「たったひとりの親友《しんゆう》を傷《きず》つけて失《うしな》い、おれはもう限界《げんかい》だった。母親《ははおや》に『芸能界《げいのうかい》はやめる』ってうったえた。だけど返《かえ》ってきた言葉《ことば》は『ちょっとしか売《う》れてないからお友《とも》だちごっこで傷《きず》つくのよ。トップになればもっとすっきりできるわ』だった。ついていけなかったよ」

わたしも、ついていけない……！

「あの人《ひと》はスターの親《おや》になりたいだけだから、おれは芸能界《げいのうかい》をやめたら行《い》く場所《ばしょ》もない。だったら自分《じぶん》で自分《じぶん》を守《まも》る方法《ほうほう》を考《かんが》えるしかない。考《かんが》えたすえにそれがいいか悪《わる》いかはわからないけど自分《じぶん》なりの結論《けつろん》が出《で》た」

わたしは息《いき》をのんで流星《りゅうせい》くんの次《つぎ》の言葉《ことば》を待《ま》った。

「みんながおれにつけた『黒流星《くろりゅうせい》』ってあだ名《な》を演《えん》じてみることにした。撮影現場《さつえいげんば》では笑顔《えがお》を捨《す》てた。掲示板《けいじばん》に書《か》いてあったようにあいさつもやめた。次第《しだい》に周囲《しゅうい》をビビらせるような存在《そんざい》になっていき、それでイヤがらせはなくなった」

それで、流星《りゅうせい》くんは変《か》わったんだ！

だけど、たしかにそれがいいかどうかはわからない。

「流星《りゅうせい》くんはそれでつかれないの？」

「むしろ、楽《らく》になった。笑顔《えがお》で友《とも》だちを作《つく》ってその子《こ》から仕事《しごと》を奪《うば》うより、イヤなやつを演《えん》じて、そうなったほうがまだマシだ」

流星《りゅうせい》くんはさびしそうに笑《わら》った。

やっぱり、流星《りゅうせい》くんはあのころの優《やさ》しい流星《りゅうせい》くんのままだ。

だからこそ芸能界《げいのうかい》では変《か》わるしかなかったんだ……！

そして、流星《りゅうせい》くんはわたしと再会《さいかい》したときの話《はなし》を始《はじ》めた。

「『鈴木《すずき》くんは犯人《はんにん》じゃありません』の撮影《さつえい》に結《ゆい》がいたとき、天地《てんち》がひっくりかえるぐらいおどろいたよ」

「いつからわたしだって気《き》がついていたの？」

「くしゃみが聞《き》こえて、おれの長《なが》ゼリフが中断《ちゅうだん》になって、あやまっている女《おんな》の子《こ》が頭《あたま》を上《あ》げたとき」

「じゃあ、はじめから……」

「おれは結《ゆい》のことを忘《わす》れた日《ひ》は一日《にち》もない」

流星《りゅうせい》くんはＹｏｕＴｕｂｅ《ユーチューブ》動画《どうが》で「あの日《ひ》見《み》た流《なが》れ星《ぼし》、忘《わす》れた日《ひ》は一日《にち》もない」って言《い》ってくれた。

そして、今《いま》、わたしのことを忘《わす》れた日《ひ》は一日《にち》もないって言《い》ってくれた。

どうしよう。

うれしすぎて胸《むね》が苦《くる》しくて泣《な》いちゃいそう……！

泣《な》くのをこらえていると、流星《りゅうせい》くんが言葉《ことば》を足《た》した。

「イヤなやつに変《か》わった自分《じぶん》を結《ゆい》には見《み》られたくなかった。だけど、撮影現場《さつえいげんば》で今《いま》さら自《じ》分《ぶん》が作《つく》って来《き》た天川流星《あまかわりゅうせい》を崩《くず》すわけにもいかない。あのチャラ監督《かんとく》、結《ゆい》の才能《さいのう》をあのくしゃみで見極《みきわ》めたんだな。後《あと》から聞《き》いたけど、だれかをかばったんだって？」

「う、うん」

くしゃみをしたのはとなりの席《せき》の加山《かやま》くんだった。

それを反射的《はんしゃてき》にかばおうとわたしがわざと大《おお》きなくしゃみをした。

「結《ゆい》はエキストラなのに、監督《かんとく》が廊下《ろうか》でのシーンでセリフをあたえた。おれはまずいってあせった。結《ゆい》は演技初心者《えんぎしょしんしゃ》だけど、おれの演技《えんぎ》の先生《せんせい》は結《ゆい》だ。きっと結《ゆい》は監督《かんとく》が喜《よろこ》ぶいい演技《えんぎ》をしてしまうに決《き》まっている。そうしたら、監督《かんとく》は結《ゆい》にもっといい役割《やくわり》を与《あた》える。自《じ》分《ぶん》がつらいことしかなかった世界《せかい》に結《ゆい》に入《はい》ってきてほしくないし、結《ゆい》にうろうろされたらおれは天川流星《あまかわりゅうせい》を演《えん》じられなくなる。だから、無理《むり》な注文《ちゅうもん》をして怒《おこ》らせて追《お》いかえそうとしたんだけど、逆《ぎゃく》に結《ゆい》に火《ひ》をつけちゃったな。よく考《かんが》えたらおれにキツイことを言《い》われたぐらいで帰《かえ》る結《ゆい》じゃない」

わたしにとって映画《えいが》の撮影《さつえい》はイヤなことだらけだったけど、流星《りゅうせい》くんはわたしより、ずっとつらかったんだ。

というより、流星《りゅうせい》くんはみどり寮《りょう》を出《で》てからずっと、ひとりぼっちでつらかったんだ！

わたし、何《なに》も知《し》らなかったし、わかっていなかった！

すると流星《りゅうせい》くんがこう言《い》ってくれた。

「結《ゆい》、頼《たの》むから『わたしは何《なに》も気《き》づいていなかった』とか自分《じぶん》を責《せ》めるなよ。おれ、映画《えいが》の試写会《しゃかい》を観《み》て気《き》づいた。おれは結《ゆい》を追《お》いかえしたかったけど、結《ゆい》に助《たす》けてもほしかった。自分《じぶん》の演技《えんぎ》のあちこちにそれが出《で》ていて、おかげでおれの映画《えいが》での評価《ひょうか》、すごく高《たか》い」

「……お母《かあ》さんにもそう話《はな》してたよね」

「え？」

流星《りゅうせい》くんがおどろく。

「ごめん、ビルスタジオで流星《りゅうせい》くんとお母《かあ》さんの会話《かいわ》、階段《かいだん》の踊《おど》り場《ば》から、こっそり聞《き》いちゃったの。気《き》になってしかたなくて」

「そっか。そりゃ、気《き》になるよな」

流星《りゅうせい》くんが苦笑《くしょう》した。

あの人《ひと》の『引《ひ》きとってやった』って声《こえ》がよみがえり、わたしはたえきれず、切《き》りこんでしまった。

「流星《りゅうせい》くん、芸能界《げいのうかい》をやめられないの？　他《ほか》に暮《く》らせる場所《ばしょ》はないの？」

「え？」

「流星《りゅうせい》くんが置《お》かれている状況《じょうきょう》は……おかしいよ……！」

しぼり出《だ》すような声《こえ》になってしまった。

流星《りゅうせい》くんは本当《ほんとう》のお父《とう》さんとお母《かあ》さんに一度《いちど》も会《あ》ったことがなくて、生《い》きているかどうかもわからなくてずっと大変《たいへん》だったのに、今《いま》、流星《りゅうせい》くんをわかってあげようとする人《ひと》がだれもそばにいないのはおかしいよ……！

「結《ゆい》の言《い》うとおりだ。おれが置《お》かれている状況《じょうきょう》は確《たし》かにおかしい。みどり寮《りょう》に電話《でんわ》すれば相談《そうだん》にのってくれるかもしれない」

「そうだよ！　職員《しょくいん》さんたち、優《やさ》しかったもん」

多摩子《たまこ》さんも助《たす》けてくれるかもしれない！

「だけどさ。おれ、意地《いじ》も生《う》まれだしているんだよ」

「意地《いじ》？」

「さんざんつらい目《め》にあったし、天川流星《あまかわりゅうせい》を演《えん》じてきた大変《たいへん》さもある。やめたい気持《きも》ちもあるけど、ここでやめたら今《いま》までのつらさは何《なん》だったんだ？　って疑問《ぎもん》もあるんだ。戸籍《こせき》上《じょう》の母親《ははおや》のことはどうしても好《す》きにはなれない。異常《いじょう》な人《ひと》だけど、皮肉《ひにく》なことにあの人《ひと》がおれの才能《さいのう》に気《き》がついたって考《かんが》え方《かた》もある」

わたしはみどり寮《りょう》での流星《りゅうせい》くんとの会話《かいわ》を思《おも》い出《だ》した。

流星《りゅうせい》って名前《なまえ》が生《い》きているかどうかもわからない両親《りょうしん》との唯一《ゆいいつ》のつながりだから大切《たいせつ》にしているって話《はな》してくれた。

流星《りゅうせい》くんはどんなつらい状況《じょうきょう》のときでも必《かなら》ず小《ちい》さな光《ひかり》を見《み》つけてしまう。

きっと、今《いま》の状況《じょうきょう》をすべてマイナスにはとらえたくないんだ。

それって、もしかしたら……？

「流星《りゅうせい》くんは演技《えんぎ》がきらいではないんじゃない？」

「そうかもしれないな」

流星《りゅうせい》くんは軽《かる》く息《いき》を吐《は》き笑《わら》った。

やっぱり……！

映画《えいが》の撮影《さつえい》での流星《りゅうせい》くんはいじわるだったけど、主役《しゅやく》を演《えん》じるってことで自分《じぶん》の演技《えんぎ》プランをしっかりと考《かんが》えていた。

無理《むり》な注文《ちゅうもん》をしてわたしを怒《おこ》らせて帰《かえ》らせようとしたって言《い》っていたけど、いいシーンにしたかったから無理《むり》な注文《ちゅうもん》をしてきたようにも思《おも》える。

「おれ、演技《えんぎ》をしていると結《ゆい》とつながっている気《き》がしたんだ。だから演技《えんぎ》がきらいなはずがない」

流星《りゅうせい》くんはそう言《い》ってわたしの目《め》を見《み》てくれた。

流星《りゅうせい》くんは演技《えんぎ》をしながらわたしのことを、わたしとの約束《やくそく》をずっとおぼえていてくれたんだ……！

「そうだ、結《ゆい》にこれを受《う》けとってほしい」

流星《りゅうせい》くんは自分《じぶん》がしていたネックレスを取《と》り、わたしの首《くび》にかけてくれた。

流星《りゅうせい》くんの指《ゆび》が首《くび》にかすかにふれる。

胸《むね》がどきんと高鳴《たかな》り、甘《あま》い空気《くうき》でふくらんでいく。

「はじめて仕事《しごと》をしたときに、自分《じぶん》のお守《まも》りがわりに買《か》ったんだ。これを結《ゆい》に持《も》っていてほしい。いいか、結《ゆい》は学業《がくぎょう》に専念《せんねん》したいってミラクルをやめるんだ。結《ゆい》は芸能界《げいのうかい》で真面目《まじめ》にやればやるほど活躍《かつやく》する。だけど想像《そうぞう》を超《こ》えたひどいことも待《ま》っている。最終審査《さいしゅうしんさ》でず

ぶぬれになったのもだれかにやられたんだろう？　西川多摩子《にしかわたまこ》さんがいい人《ひと》なのは結《ゆい》のまっすぐさを見《み》ていればわかるよ。わざわざ幸《しあわ》せをこわすなよ」

甘《あま》い空気《くうき》でふくらんでいた胸《むね》がすっとしぼんでいった。

わたしはイヤな予感《よかん》がして、おそるおそる聞《き》いた。

「それって、どういう意味《いみ》？　ミラクルをやめても、流星《りゅうせい》くんはこうやってわたしと会《あ》ってくれるの？」

流星《りゅうせい》くんは首《くび》を横《よこ》にふった。

「おれたちはもう会《あ》わないほうがいい」

流星《りゅうせい》くんは大真面目《おおまじめ》にそう口《くち》にした。

予感《よかん》が当《あ》たり、わたしは取《と》りみだした。

「どうして？　流星《りゅうせい》くん、わたしのことを忘《わす》れた日《ひ》は一日《にち》もないんでしょ！　わたしとの約束《やくそく》だっておぼえているんでしょ！」

「状況《じょうきょう》が変《か》わったんだ」

流星《りゅうせい》くんはそうはっきりと口《くち》にした。

「正直《しょうじき》に言《い》うよ。おれは芸能界《げいのうかい》につかれだしていた。だけど、結《ゆい》に再会《さいかい》して結《ゆい》のまっすぐさを見《み》ていたら、もうちょっとやってみようって元気《げんき》が出《で》たんだ。会《あ》えてよかった。ありがとう」

流星《りゅうせい》くんは笑顔《えがお》でわたしを見《み》つめた。

そしてジャングルジムに座《すわ》っているわたしを残《のこ》して立《た》ちあがる。

背《せ》を向《む》け歩《ある》きだした。

ウソでしょ……？

何《なん》なのこれ……？

何一《なにひと》つ、なっとくできないよ……！

わたしは立《た》ちあがり、走《はし》りだした。

流星《りゅうせい》くんを追《お》いぬき、立《た》ちふさがる。

「……結《ゆい》？」

「流星《りゅうせい》くん、わたしはミラクルをやめない！」

「バカ！　おれの話《はなし》を聞《き》いてたのか？」

「聞《き》いたからやめない！　わたしもがんばって活躍《かつやく》して流星《りゅうせい》くんのそばにいる！」

「おれは結《ゆい》を守《まも》ってやれない！　それにみんな、おれのそばにいると傷《きず》つくんだよ！」

流星《りゅうせい》くんは本気《ほんき》で悲《かな》しみ、怒《おこ》っていた。

やっぱりね……！

流星《りゅうせい》くんは芸能界《げいのうかい》ではつらいことばかりで、わたしを同《おな》じ目《め》にあわせたくない。

そして、ゼウスをやめていった親友《しんゆう》に『流星《りゅうせい》と仲《なか》よくすると傷《きず》つくだけだ』と言《い》われて、流星《りゅうせい》くんのそばにいたらわたしが傷《きず》つくって思《おも》いこんでいる。

だからずっと、芸能界《げいのうかい》には来《く》るな、自分《じぶん》のそばにも来《く》るなって言《い》いつづけていたんだ。

「流星《りゅうせい》くん、心配《しんぱい》しないで。わたしは自分《じぶん》のことは自分《じぶん》で守《まも》れる。何《なに》より……流星《りゅうせい》くんのそばにいられないことがわたしにとっては一番《いちばん》つらいんだよ。どうしてそんな簡単《かんたん》なことがわからないのかなあ」

「…………」

流星《りゅうせい》くんは言葉《ことば》が出《で》ないままわたしの顔《かお》を見《み》つめていた。

「そうだ、流星《りゅうせい》くん、ネックレスのお返《かえ》しに、わたしのこれも受《う》けとって」

わたしは自分《じぶん》のポーチからオーディションで使《つか》った星形《ほしがた》のボタンをつけたヘアピンを取《と》りだした。

「流星《りゅうせい》くん、このボタンを拾《ひろ》ってくれたときに言《い》ってたよね。『**おれの名前《なまえ》にも星《ほし》が入《はい》っている。おれたちは縁《えん》がある。つながりっていうか**』って。そうだよ、わたしと流星《りゅうせい》くんにはつながりがある。きっとわたしの名前《なまえ》が結《ゆい》なのも流星《りゅうせい》くんと結《むす》ばれているからだよ！」

流星《りゅうせい》くんはびっくりしていた。

「きっとこの星形《ほしがた》のボタンが流星《りゅうせい》くんを、ネックレスがわたしを守《まも》ってくれる。そして、わたしはミラクルをやめない。これだけはゆずれない」

わたしは流星《りゅうせい》くんをにらみつけるぐらいの気持《きも》ちで見《み》つめた。

そのぐらいの顔《かお》をしないと流星《りゅうせい》くんはわたしの考《かんが》えを受《う》けいれてくれない。

すると流星《りゅうせい》くんは、はじめは困《こま》っていたけど、わたしをにらみつけるような目《め》をしだした。

にらみあっているうちに最終審査《さいしゅうしんさ》のにらめっこを思《おも》い出《だ》した。

わたしはほほをゆっくりとふくらませていくと流星《りゅうせい》くんも同《おな》じ動《うご》きをした。

そして、流星《りゅうせい》くんがぷっとふきだし、ほほをゆるませた。

わたしもぷっと笑《わら》いかえした。

「結《ゆい》の勝《か》ちだな」

わたしはもう一度《いちど》、ヘアピンを差《さ》しだした。

「わたしがいると元気《げんき》が出《で》るんでしょ？　だったら、いたほうがいいじゃない」

流星《りゅうせい》くんはなかばあきれたようにヘアピンを受《う》けとってくれた。

「おれがもっと成長《せいちょう》して結《ゆい》を守《まも》れるようになる」

流星《りゅうせい》くんのその言葉《ことば》に胸《むね》が一気《いっき》に熱《あつ》くなる。

どう答《こた》えていいかわからないでいると、腕《うで》をひっぱられた。

そして、流星《りゅうせい》くんの両腕《りょううで》に包《つつ》まれる。

流星《りゅうせい》くんの胸《むね》で息《いき》ができない、苦《くる》しい。

でもずっと、このままでいたい。

「おれが結《ゆい》のお守《まも》りになる」

流星《りゅうせい》くんの声《こえ》が聞《き》こえた。

ごめん、流星《りゅうせい》くん。

わたしはわかっていた。

わたしがどうしてもそばにいたいって言《い》ったら、流星《りゅうせい》くんは「おれが結《ゆい》を守《まも》る」って言《い》ってくれることを。

そして、流星《りゅうせい》くんにはわたしが必要《ひつよう》だってことも……！

あかね色《いろ》の光《ひかり》がわたしたちをそっと包《つつ》んでくれた。

あとがき

こんにちは！

みんな元気《げんき》だった？

手洗《てあら》いうがいしてる？　季節《きせつ》にかかわらずしたほうがいいよー！

まいぽん（わたしのあだ名《な》）はいつもお口《くち》とノドと両方《りょうほう》ぶくぶくがらがらうがいをしています。

さてさて、『流《なが》れ星《ぼし》の約束《やくそく》』２巻《かん》を読《よ》んでくれてありがとう。

１巻《かん》の応援《おうえん》コメントや読者《どくしゃ》ハガキの感想《かんそう》もたくさんいただけてとてもうれしいです！

わたしは小説《しょうせつ》を書《か》いているときは登場人物《とうじょうじんぶつ》の全員《ぜんいん》に感情移入《かんじょういにゅう》しちゃいます。

それがいいか悪《わる》いかはわからないんだけど（笑《わらい》）。

だから１巻《かん》を書《か》いているときに結《ゆい》ちゃんがんばれーって思《おも》いながら、柚《ゆず》ちゃんが心配《しんぱい》だってもやもやしていました。

今回《こんかい》は柚《ゆず》ちゃんの気持《きも》ちも、流星《りゅうせい》くんの想《おも》いも書《か》けてうれしかったです。

みんないろいろ背負《せお》っていますね！

ところでみんなは演技《えんぎ》をしたことはある？

わたしは中学生《ちゅうがくせい》の時《とき》、文化祭《ぶんかさい》でピーターパンを演《えん》じました。

当時《とうじ》はやせていてよく男《おとこ》の子《こ》とまちがえられていたんです。

性格《せいかく》にあっていたのか冒険《ぼうけん》好《ず》きな男《おとこ》の子《こ》を演《えん》じるのはすごく楽《たの》しかったし、大人《おとな》になった今《いま》でも気持《きも》ちはピーターパンです。

あ、わたし、今年《ことし》作家《さっか》15周年《しゅうねん》でいろいろ考《かんが》えているのでYouTube《ユーチューブ》やSNS《エスエヌエス》ものぞいてもらえるとうれしいです。

それではまたね！　お手紙《てがみ》待《ま》ってまーす。

星座《せいざ》を教《おし》えてくれれば占《うらな》いもできるし、恋《こい》の相談《そうだん》も答《こた》えちゃうよ！

みずのまい

※みずのまい先生《せんせい》へのお手紙《てがみ》はこちらにおくってください。
〒101―8050　東京都千代田区一ツ橋《とうきょうとちよだくひとつばし》2―5―10　集英社《しゅうえいしゃ》みらい文庫編集部《ぶんこへんしゅうぶ》　みずのまい先生係《せんせいがかり》

おまけ
結ちゃん＆柚ちゃん
良いライバルになってほしいな〜！
イラストレーター

集英社みらい文庫

流《なが》れ星《ぼし》の約《やく》束《そく》

運命《うんめい》のきみと波乱《はらん》のオーディション

みずのまい・作

雪丸《ゆきまる》ぬん・絵

ファンレターのあて先
〒101-8050 東京都千代田区一ツ橋2-5-10 集英社みらい文庫編集部
いただいたお便りは編集部から先生におわたしいたします。

2025年 4 月23日 第1刷発行

発行者	今井孝昭
発行所	株式会社 集英社 〒101-8050 東京都千代田区一ツ橋2-5-10 電話 編集部 03-3230-6246 読者係 03-3230-6080 販売部 03-3230-6393（書店専用） https://miraibunko.jp
装丁	関根彩＋前田紗雪（関根彩デザイン） 中島由佳理
印刷	TOPPANクロレ株式会社
製本	TOPPANクロレ株式会社

★この作品はフィクションです。実在の人物・団体・事件などにはいっさい関係ありません。
ISBN978-4-08-322002-9 C8293 N.D.C.913 182P 18cm

だってわたしは、
怪異対策《かいいたいさく》コンサルタントですから！
まずはサインをしてもらって、それから
お話《はなし》を聞《き》かせてくれませんか？
第《だい》1弾《だん》
裏切《うらぎ》り
ニセモノ
狐狗狸《こっくり》
第《だい》2弾《だん》
自業自得《じごうじとく》
さとるくん
呪《のろ》いの楽譜《がくふ》
第《だい》3弾《だん》
2025年《ねん》7月《がつ》発売予定《はつばいよてい》!!

ふたごの兄《あに》がカッコすぎる!
遠山《とおやま》 彼方《かなた》 作
涼《すずみ》 絵
初《はつ》デートは大《おお》さわぎ!?
シスコン暴走《ぼうそう》ぎみのふたごの兄《あに》・出雲《いずも》柚月《ゆづき》
ちょっぴり内気《うちき》なふたごの妹《いもうと》・出雲《いずも》美月《みづき》
男女《だんじょ》ふたごの入《い》れかわり!?
ドタバタ☆ラブコメディ
2025年《ねん》5月《がつ》23日《にち》金《きん》発《はつ》売《ばい》予《よ》定《てい》!

好《す》きなひとの好《す》きなひと。
〜はじめての恋《こい》は、三角関係《さんかくかんけい》〜
大親友《だいしんゆう》と同《おな》じ人《ひと》を好《す》きになったら、
どうする——？
オリジナル新作《しんさく》
本《ほん》のはじめにスペシャルまんがつき
小桜《こさくら》すず 作
桃白茉乃《ももしろまの》 絵
大好評発売中《だいこうひょうはつばいちゅう》!!

私《わたし》、**豊崎仁菜**《とよさきにな》は今日《きょう》から中学《ちゅうがく》1年生《ねんせい》！
大親友《だいしんゆう》**の雫**《しずく》と同《おな》じ中学《ちゅうがく》に入《はい》れて夢《ゆめ》みたい！
雫《しずく》は引《ひ》っこみ思案《じあん》だけど超美少女《ちょうびしょうじょ》で、
私《わたし》とは正反対《せいはんたい》。でもなにより大切《たいせつ》な友達《ともだち》。
入学早々《にゅうがくそうそう》、サッカー部《ぶ》の**イケメン4人組**《にんぐみ》と
知《し》りあっちゃった!?　と思《おも》ったら、
雫《しずく》がその中《なか》のひとり、**真田**《さなだ》**くん**を、
もしかして好《す》きになった…？ でも私《わたし》も**真田**《さなだ》**くん**と話《はな》すと、
楽《たの》しいのに胸《むね》が切《せつ》ない。この気持《きも》ちはいったい——？

すべての女《おんな》の子《こ》におくる！

きゅんと切《せつ》なさがすれちがう、

三《さん》角《かく》関《かん》係《けい》ラブ

サッカー部《ぶ》のキラキラ4人組《にんぐみ》✦

小《しょう》4からの大親友《だいしんゆう》

真田朝陽《さなだあさひ》
圧倒的《あっとうてき》なビジュとサッカーの上手《うま》さをほこる、クール系《けい》イケメン。

神永 爽《かみながそう》
大人《おとな》びた王子様系《おうじさまけい》男子《だんし》。大人気《だいにんき》アイドルのメンバーでもある！

南波 航《なんばわたる》
やんちゃ系《けい》イケメン。仁菜《にな》と小学校《しょうがっこう》が同《おな》じで、よくからかってきてた。

矢野春輝《やのはるき》
両親《りょうしん》は音楽家《おんがくか》。楽器《がっき》がプロ級《きゅう》に上手《うま》い、かわいい系美少年《けいびしょうねん》。

豊崎仁菜《とよさきにな》
元気《げんき》で運動《うんどう》が好《す》き！ 女子力《じょしりょく》はちょっと低《ひく》め？　雫《しずく》はなにより大切《たいせつ》。

如月 雫《きさらぎしずく》
芸能事務所《げいのうじむしょ》にスカウトされるくらいの超美少女《ちょうびしょうじょ》。男子《だんし》が少《すこ》し苦手《にがて》。

「みらい文庫《ぶんこ》」読者《どくしゃ》のみなさんへ

言葉《ことば》を学《まな》ぶ、感性《かんせい》を磨《みが》く、創造力《そうぞうりょく》を育《はぐく》む……、読書《どくしょ》は「人間力《にんげんりょく》」を高《たか》めるために欠《か》かせません。たった一枚《いちまい》のページをめくる向《む》こう側《がわ》に、未知《みち》の世界《せかい》、ドキドキのみらいが無限《むげん》に広《ひろ》がっている。これこそが「本《ほん》」だけが持《も》っているパワーです。

学校《がっこう》の朝《あさ》の読書《どくしょ》に、休《やす》み時間《じかん》に、放課後《ほうかご》に……。いつでも、どこでも、すぐに続《つづ》きを読《よ》みたくなるような、魅力《みりょく》に溢《あふ》れる本《ほん》をたくさん揃《そろ》えていきたい。読書《どくしょ》がくれる、心《こころ》がきらきらしたり胸《むね》がきゅんとする瞬間《しゅんかん》を体験《たいけん》してほしい、楽《たの》しんでほしい。みらいの日本《にほん》、そして世界《せかい》を担《にな》うみなさんが、やがて大人《おとな》になった時《とき》、「読書《どくしょ》の魅力《みりょく》を初《はじ》めて知《し》った本《ほん》」「自分《じぶん》のおこづかいで初《はじ》めて買《か》った一冊《いっさつ》」と思《おも》い出《だ》してくれるような作品《さくひん》を一所懸命《いっしょけんめい》、大切《たいせつ》に創《つく》っていきたい。

そんないっぱいの想《おも》いを込《こ》めながら、作家《さっか》の先生方《せんせいがた》と一緒《いっしょ》に、私《わたし》たちは素敵《すてき》な本作《ほんづく》りを続《つづ》けていきます。「みらい文庫《ぶんこ》」は、無限《むげん》の宇宙《うちゅう》に浮《う》かぶ星《ほし》のように、夢《ゆめ》をたたえ輝《かがや》きながら、次々《つぎつぎ》と新《あたら》しく生《う》まれ続《つづ》けます。

本《ほん》を持《も》つ、その手《て》の中《なか》に、ドキドキするみらい――。本《ほん》の宇宙《うちゅう》から、自分《じぶん》だけの健《すこ》やかな空想力《くうそうりょく》を育《そだ》て、〝みらいの星《ほし》〟をたくさん見《み》つけてください。

そして、大切《たいせつ》なこと、大切《たいせつ》な人《ひと》をきちんと守《まも》る、強《つよ》くて、やさしい大人《おとな》になってくれることを心《こころ》から願《ねが》っています。

２０１１年《ねん》　春《はる》

集英社《しゅうえいしゃ》みらい文庫編集部《ぶんこへんしゅうぶ》